骨董時光

刘越 著

中国青年出版社

炉钧釉蒜头瓶

清　雍正

景德镇创烧仿钧窑釉品种之一，先以高温烧成瓷胎，挂釉后在八百摄氏度左右的低温炉中经二次烧制而成，故称"炉钧"。《南窑笔记》载："炉均一种，乃炉中所烧，颜色流淌中有红点者为佳，青点次之。"从传世品看，雍正年间炉钧的特点为：釉面流淌大，流动处呈现紫红，又称"高粱红"，釉面常有片状桔皮纹，反光显五色。

五彩十二月花神杯之一（荷花）

清　康熙

"康熙五彩十二月花神杯"是清代五彩瓷器精品代表，根据传统花朝节的传说，选取百花中代表农历十二月份的月令花卉绘制而成，六月为荷花。康熙二十五年景德镇御窑厂为宫廷烧制的这套生活用瓷一共十二件，第一次把"诗、书、画、印"在同一器皿上并用，具有极高的艺术成就。康熙皇帝十分喜爱，几次南巡都带在身边，他不仅喜欢花神杯瓷器的工艺，更喜欢花卉配唐诗的文化意境。

胭脂红釉杯一对

清 雍正

雍正御窑所制胭脂红小盏，其形小巧可爱，其色宛若女子唇颊上的胭脂。据说釉料配方中还含有黄金这样名贵的材料作为呈色剂，在炉内经八百度高温烧烤而成，在西方又被称为"蔷薇红"、"玫瑰红"，是清代官窑名品，完整器价值极高。

白玉骑马首小车童子

清　中期

采用圆雕手法，线条宛转自若，充满童趣。童子束磨光高发髻，左手执辔，右手举鞭，骑马首小车，双脚着地，鞭与发髻交接处穿有一孔，可供穿系。童子笑逐颜开，兴致高昂。马首雕刻传神，鬃毛琢碾细腻，丝毫不苟，后部则为一个车轮，镂雕轮轴。

御制铜胎画珐琅西洋仕女图鼻烟壶

清　乾隆

以金属胎及珐琅为材质的鼻烟壶在中国出现较早，一般制造精致，多为宫廷制作。这类鼻烟壶以清代康、雍、乾三朝制作最为精美，此壶是乾隆宫廷烧造。色彩华丽，双面云纹开光西洋人物花卉图，人物呼应自然，华贵而柔美，实为不可多得的珍品。

冲天耳三足炉

清 顺治

（王世襄先生旧藏）

这件清顺治冲天耳三足铜炉直径9.6厘米，炉身形制规整，敦厚沉稳之中又不失玲珑精巧，包浆亮丽，色泽典雅，底部落"大清顺治辛丑邺中比丘超格虔造供佛"篆书款。此炉为著名收藏家李卿丈先生在北平沦陷期间为生活所迫而出。1951年，王世襄先生经多方询探，方从他人手中购得。带有顺治年款，并有如此精美工艺的铜炉，十分罕见。

铜鎏金四臂观音像

明　永乐

观音菩萨在藏传佛教中有着十分重要的地位和影响，被奉为藏民族保护神。其种类繁多，有众多的化身，四臂观音是观音菩萨最常见的形象。明代宫廷造像具有重要的宗教、艺术、历史和科学价值，此像莲台上镌刻有"大明永乐年施"款，以鲜明的风格特征、标准的刻款标记和完美的造型样式，显示了明代宫廷造像精致典雅的艺术气象。

※　序

十八世纪中叶，在英国相继诞生了两个拍卖行，苏富比和佳士得。后来，二者均成为世界上资格最老、影响力最大，做得也最为规范的艺术品拍卖行，至今仍引领着世界艺术品拍卖行业的发展。

中国大陆艺术品拍卖行业于二十世纪九十年代正式初露端倪，虽然起步较晚，但伴随着中国经济的持续高速推进获得了突飞猛进的发展。目前嘉德、保利、瀚海、西泠、匡时、中贸圣佳、华辰、荣宝、朵云轩、诚轩、中汉……一个个响当当的名字，以各具特色的艺术品经营，在国内外艺术品拍卖市场上均占有一席之地。

对于普通百姓而言，拍卖行总是笼罩在神秘的面纱中，特别是一些艺术品的传奇经历和收藏者的酸甜苦辣，更是鲜有人知。事实也的确如此，当古董不再是单纯古董的时候，其背后或许隐藏着一个个鲜为人知、跌宕起伏、悲欢离合的故事。

刘越先生供职于拍卖行十几年，特殊的职业生涯使其有机会经历和了解很多不为外人所知的艺术品传奇故事。加之刘越先生又有创作小说的天赋，把点滴的业余时间都充分利用起来，笔耕不辍，使其目前已积攒下十几篇讲述古董和爱情故事的短小精悍的小说。"花神"、"佛缘"、"色相"、"香熏"、"房客"、"炉钧"、"玲珑"、"镜殇"、"鸡缸"，只看篇名就引人好奇，读后更会发现这是一个个娓娓道来的故事，悬念四起、引人入胜。

特别值得一提的是，作者在写故事、讲述人间百态的同时，还穿插介绍了大量经过多年积累的文物鉴赏方面的知识，遂使这部小说多了几分实用性。这样，读者读完故事后，既能对神秘的拍卖行业有初步了解，同时也会获得不少文物收藏方面的经验和鉴赏方面的知识，可谓一举两得。

吕成龙

2014年盛夏于京城

　　我经常会想起二零零五年五月的马来西亚。海岸边一间门口贴着"恭喜发财"四个大字的路边餐馆里，巨大的风扇在天花板上缓慢地旋转。我和一群马来人围坐在油腻的木桌边乱哄哄地吃饭，在他们中间，只有一个欧洲人，特别引人注目。

　　他高大瘦削，胡子花白，眼珠碧蓝，闪亮的目光横扫过来，闪现出独断的神态。他说话时用两只残缺的手指夹着烟，脸上永远洋溢着豪迈和自信的神情，仿佛用这种方式，可以更容易让人们相信，他是这桌食客的主角和话题的中心。

　　这个手有残疾的瑞典人叫Sten。本来只是在马来西亚从事海洋工程设计的一个工程师。因为偶然接触到一些海底打捞出来的古代瓷器碎片，完全被它们迷住了，最后终于改变了自己的人生方向。

　　他决定把海底寻宝当作自己的事业。他辞去工作，去了马六甲海域一个岛上小镇定居。他投资购买了自己的船只，招募了水手，每天和他们一起出海去寻找远古的沉船和宝藏。他甚至还娶了当地的一个姑娘，把自己变成了东南亚人的女婿。

那一年，他终于得手了。他请我们去看从海底打捞出来的整艘沉船，里面满满的青花瓷器，它们都是中国明代的瓷器，总数达到惊人的九吨之多。

他把这艘海船命名为"万历号"，因为这些瓷器经鉴定大多是明代万历时期的。这些瓷器一部分被他捐赠给了中国大陆和马来西亚的博物馆，另一部分通过各种途径销售，包括公开拍卖。

那年冬天，我们合作组织了部分"万历号"瓷器的拍卖，取得了空前的成功。

我们在二零零三年拍卖著名文物专家和收藏家王世襄先生藏品的时候，他的一架著名的唐代古琴"大圣遗音"引起了社会的普遍关注。

二十世纪四十年代，为了得到"大圣遗音"，当时经济条件并不宽裕的王世襄，只好用夫人的三件首饰和日本版《唐宋元明名画大观》换得黄金约五两，又加上三枚翡翠戒指才如愿。其中一枚戒指还是王世襄母亲的遗物，可谓"倾其所有"。

之后，这架古琴一直伴随着王世襄夫妇。"文革"抄家时，只有这架"大圣遗音"因为放在王世襄的办公室中得以幸免。

我在拍卖场上亲眼见证这架古琴以八百九十一万元成交，创下了古琴拍卖的世界纪录。那时，王世襄先生还在世。

当时我万万没有想到，八年之后，当王世襄先生已经去世几年后，我竟有缘将这架古琴从当年的买家处再次征集来拍卖。最为神奇的是，签署合同的那天，无意中拿出一张空白委托合同准备与对方签署，发现这张合同的编号竟然是0891，正好与古琴八年前的成交价格数字一致。这张合同其实是我很久以前就放在公文包里的，那时我甚至还没有认识卖家，也没有想到会再次与古琴邂逅。

当时我吃了一惊，这真是冥冥之中的天意。

后来这架古琴以一亿一千五百万的天价再次创造了中国古代乐器拍卖的惊人成绩。

古董与人之间的缘分，可能是前世今生的关系，所以当世的我们，也许永远无法完全知晓。在我十几年的拍卖生涯中，有许多这样的故事，有些我可以讲出来，有些则永远不能讲。

写小说纯粹是业余爱好。我这十几年来一直效力于拍卖公司，经常到世界各地去征集艺术品，组织或者参与各种拍卖。业余时间很少，不可能有文学方面的深入学习。最近两年因为微博，网络表达众人围观的效应激起了我的表现欲，陆续写了十几篇。

我自己有这样的经验，出差或旅行的时候，喜欢带一本不厚又轻松有趣的小书，随性翻翻，打发时间。如果这本讲述古董和爱情故事的小书，也能偶尔一两次被您带在身边，打发旅途的时间；或者，您会因此对中国的古董和艺术品产生一点小小的兴趣，偶尔去各种艺术品拍卖会的预展逛一逛，那我就非常感激了。

期待与您在古董和"骨董时光"的世界中相逢。

刘越

2014年7月于北京

※ **目　录**

第一折

人与物之间的缘分，仿佛前世已经注定。

神一事一缘一相

花一花一佛一色

※ 花　神

　　巴黎铁塔上风大。游客们拉紧外衣，瑟瑟俯瞰着城市如诗的风景，而我眼中的风景只有她。她纤柔的背影靠在栏杆上好像一只随时被大风吹走的风筝，我从背后靠近她，看到她的手中托着一只薄如蝉翼的康熙官窑五彩花神杯，兀自发呆。我想抱住她，她回头看到我，一愣，花神杯松手了。我们齐声惊呼，看着那只小杯子在风中坠落，下面是无边无际的离我们遥远的陌生世界……

一

　　闹钟响了，我从梦中惊醒。渐渐想起这里不是巴黎铁塔，是我最熟悉不过的酒店，我的工作是拍卖行的业务主管，今天上午还有一场拍卖。匆匆起床，用凉水拍打发肿的面孔，认真刮了胡子，换上干净的衬衫，打好领带，穿上西装，走下楼去。

酒店宴会厅里明亮的灯光照得所有人脸色发白，这里熙熙攘攘，一场拍卖会即将开场。夹着号牌，手拿图录的客人陆续入场，委托席上坐满了公司的同事，几个女生都是新面孔，她们前不久才进入公司，年轻的面孔上洋溢着兴奋和紧张。

在这些面孔中，我恍然看到了另一张已经不在这里的面孔。一张清丽又倔强的面孔，卷成波浪的长发，细长的眉毛和又黑又亮的眼睛，下巴习惯性略微翘起，以一种挑战的姿态居高临下地望着委托席下面满座的客人。

我在这家拍卖公司已经效力了十五年，伴随着它由小变大，发展成为一家业内有竞争力的公司。如今，我的大多数同事岁数已经比我小，对我多以兄长相称，但是在十五年前，和我岁数相仿的同事只有一个，那就是沈婧。

还记得人事经理带我第一次走进办公室，指着一个坐在办公桌后，嘴唇涂得红红的年轻女孩对我说："来，这是你领导！"然后又一本正经地跟她说："沈婧，我给你收了个徒弟，你可得好好带他啊。"

拍卖行业早期，从事书画古董征集鉴定的业务人员队伍仍然沿袭着师父带徒弟的传统，业务主管和新来的秘书之间，常以师徒相称，但是我一开始怎么也不习惯叫这个生日才比我大几个月的女孩师父。

那时候女孩们还不怎么会化妆，今天看起来沈婧的嘴唇涂得太红，眼线也画得不太自然，可是这样的妆容却使她格外突出亮眼，再配一条绣着大朵牡丹花的白底短裙，外加一头乌黑亮丽的长发。在我的想象中，这个行业应该都是一些稳重老成的大爷大妈，穿着灰蓝色工作服，琉璃厂国营文物商店里站柜台的那种范儿吧。真不晓得一个这样的女孩如何能做一家拍卖公司的古董杂项主管，虽然听说她是世家子弟，父亲是著名的古董鉴定行家。

很快我就佩服她了。一次在整理拍品的时候，我在库房落满灰尘的角落里偶然找到一方多年没有卖出去的碧绿小印，是清代书法家伊秉绶的篆刻，三个秀雅小字如突然响起的琴声让我心里一怔——可是，我读了半天也认不得这三个篆字。

"桃始华"。

沈婧接过我递上来的印章很快就识读出了印文的意思，同时还给我解释得清楚明白："华，古时通花，桃始华，就是桃始花，桃树刚刚开花的样子，就好像小同学你的青春，才刚刚开始呢！"

"正好，我们有一批印章下次要拍卖，你去取个印泥，把这些印章的印文打出来吧，这就是你的第一个工作！"沈婧吩咐起工作来语气里很有领导的威严。

我取了印泥，在宣纸上印出了"桃始华"这三个字。对面办公桌的沈婧正拿着话机和客人讲电话，我悄悄地望着她，她完全没有觉察。她可能同样没有注意我们公司楼下附近的草坪上有几株桃树，我记得那一年的桃花开得特别绚烂，每当我上下班路过那片桃花，就会想起那方印文。对于刚刚从学校毕业走上社会工作，甚至还没有谈过恋爱的我来说，这样一个漂亮有才华并且年龄相仿的女同事的出现，很快让我的心跳有了不同的节奏。

二

拍卖公司的工作琐碎又忙碌，我们需要从社会上征集各种各样的古董珍玩，通过鉴别真伪和宣传包装把它们拍卖出去，从中赚取买卖双方固定比例的佣金。在拍卖公司早期营运阶段，比拼很重要的一个环节就是业务主管的眼力和经验。沈婧虽然只是个年轻的女孩，却因家学积累和个人特殊的兴趣，拥有了非凡的鉴别古董的眼力。无论是瓷器、玉器、佛像、木杂还是家具，她都相当熟悉。虽然不是每项都具备很高的鉴别能力，但是所有的名词术语、品种差异却如数家珍。客户往往在最初的接触中见她是个年轻女孩而疑虑重重，稍微接触多些就会佩服她的学识和敬业，从而放心地把自己家藏的古董交给她和公司拍卖。

二十世纪九十年代的国内艺术品拍卖规模尚小，工作条件十分简陋。十几个人每天挤在一个大办公室里一起工作。碰到出差、加班和拍卖的时候，更是朝夕相处。所有人相处融洽如一个大家庭，尤其以我和沈婧的关系最好。

我们经常要去琉璃厂文物商店收货。最早沈婧没有车，我骑一辆黑色的"永久牌"二八自行车，充当她的"司机"，驮着她东奔西走。

沈婧喜欢听英文歌，坐在车上的时候，总是一手揽着我的腰，另一手拿一个WALKMAN（随身听），嘴里跟着哼哼。多年后发现，我熟悉的所有英文歌曲的旋律都是在自行车上听过的，沈婧唱过多少我就会唱多少。

骑车在路上的时候，总是觉得很多人在看我，因为我驮着一个漂亮的姑娘，却管她叫"领导"。我真有点怕她，她声音很大，笑起来的时候虽然温柔婉约，可是生气的时候真会和人拍桌子骂街。每次她和来意不善的客人争吵起来的时候，我总是替她担心，怕她受欺负，结果她总是把客人说得哑口无言，默默离去。

她很叛逆，和家里的关系不好，早早就搬出来自己住。记得她搬家的时候，我和其他几个同事去帮忙，我夹起一个满满的煤气罐就往外走，把她吓了一跳。

"看不出来你这么瘦小，还有把子力气。"

"为领导效劳干劲大呗！"

"成啊，你再帮我们家把冬储大白菜给买了吧！"

"我晕倒！"

公司里的其他同事都比我们大很多，基本已经成家立业。只有我们两个小年轻，一到周末不加班没事做的时候，她常常约我去后海的滑冰场滑冰。

其实我基本上不会滑冰，以摔跤为主，为的是来衬托她在冰上转圈时优雅的姿态和成熟的技术。我知道她没有男朋友，她才貌双全，总是翘着高傲的下巴等待她的王子降临。我不是王子，唯一的优势是沉默寡言加上能吃苦。她真能让我吃苦，每次去收古董，她和客户谈好了拍卖条件一起喝茶的时候，就轮到我趴在地上打包。瓷器最容易损坏，打包非常困难。有一次在外地出差，我从夜里十二点打包到第二天早晨九点上火车，整夜没有睡觉。她递上来一杯热茶，瞬间让我觉得浑身上下又充满了工作的力量。

我们的业绩不断增长，公司开始给每个人配上电脑。二零零零年左右，互联网开始流行，年轻人很快都装上了QQ软件，上班的时候开始偷偷和朋友聊天。

有一次，我在边录入合同边聊天时被她发现了，她看到我在QQ上的名字——时光，"哎呦，时光兄，还挺文艺的呐。"

"你叫什么？不会比我更文艺吧，我加上你！"

"我的名字你想不到。"她笑得更灿烂了，在纸上写了三个字——骨董姐。

"骨是这么写么？不应该是古董么？"

"啊呀你不懂了，以前都叫骨董的，明代董其昌的《骨董十三说》知道不？就是那些鸡毛蒜皮的旧东西呗！"

"原来你是鸡毛蒜皮姐啊，领导！"

三

公司发展几年后，客户开始增多，但是那时候到公司来肯花大价钱买古董的客户不多，主要是几个港台客人。港台客人特别喜欢过夜生活，一到晚上应酬在所难免。别人都怕应酬，只有沈靖不怕。据说她特别能喝酒，有人说只见她喝酒，从没见她醉倒过，她也听得进各种荤素笑话，自己讲出来也不脸红，深得那些港台大客户们的欢心。

那时候我刚刚学会开车，晚上经常开着我爸那辆二手桑塔纳轿车拉着沈靖去昆仑饭店、凯宾斯基等酒店应酬。

我不能喝酒，只充当司机。每次沈靖进去，我就在车里等。我心疼她，稍微晚点就叫寻呼台呼她，然后电话里装着她家各种亲戚的声音说有急事催她回家。

一开始沈婧一呼就出来，渐渐地我发现她应酬的时间越来越长，尤其是一个姓张的港台大佬喜欢上她以后，她就很少回我的呼机了。

那时候分辨国内客人和港台客人很容易。国内的男客人基本上没有用香水的，而港台的男客人身上总是散发出一种古龙水的味道。每当我走进公司办公室，闻到这熟悉的味道的时候，就知道张总又来了。

这位张总身材瘦高，举止优雅，对于瓷器精于鉴别。每次他来看东西的时候，总有公司同事围绕在他身边，听他点评瓷器，说起来头头是道。什么样的瓷器品级高，什么样的瓷器有修补，他总是一眼就能分辨。

沈婧成了他最好的徒弟，不只办公时间，平时也经常陪他去逛其它公司的拍卖会或古玩城、文物商店，陪他选购古董。

若是下午张总来了公司，晚上他们必定会一起出去吃饭，总是我开车相送，然后再把他们分别送回家。

有时他们会待到很晚，呼机呼她也不应，出来时问她，她总是说饭店里面吵，没听见。

那天晚上已经过了十二点，沈婧晃晃悠悠地从饭店里出来了。我看见她的头发很凌乱，衣服上也沾着一些酒渍，拉开后门一屁股坐在后座上，脸色通红，看得出喝了很多酒。

"领导，你以后少出来应酬吧，何苦呢，咱们挣工资的，陪他们玩什么命啊！"

"小男孩，都像你这样老实巴交地，见了客户都不会笑，卖得出东西么？"

"那也不能把自己搭进去吧，我看那个姓张的不是什么好东西，听说他有好几个老婆呢。"

沈婧没说话，我从后视镜里看到她用手一捂嘴，赶快把后窗玻璃摇下去，来不及了，她"哇"地一下全吐在我车里了，吐完还一阵咳嗽。

我扶她下车，她弯着腰在路边的草丛里待了半天才缓过来。

"对不起，姐没忍住，把你的车弄脏了，明天帮你刷车。"

"没事，领导，咱走吧！"

我怕沈婧再吐不好照看，让她坐在了副驾驶的位置，摇下车窗保证通风。不久她就睡着了，把头靠在我的肩膀上，她的头发在晚风的吹拂下一阵又一阵扫过我的面庞。

开着车在东三环上一路向南，觉得自己也有点困了。为了打起精神，拧开广播，正好是伍洲彤主持的一个深夜音乐节目《零点乐话》，那个节目红极一时，此时正放着当红歌手巫启贤的那首《太傻》：

　　痴痴地想了多少夜

　　我还是不了解

　　是什么让我们今天会分别

　　反正梦都是太匆匆

　　反正爱只能那么浓

　　心与感情让它粉碎

　　飘散在风中

四

我陪着沈婧东奔西走，到处征集古董。一开始是国内，渐渐足迹延伸到国外。

在我工作几年之后，一件特别的事情发生了。现在想起来，这可能是我们两人职业生涯里征集到的最重要的一组拍品——清康熙官窑五彩十二月花神杯成套。

花神杯是根据传统花朝节的传说，选取百花中代表农历十二月份的月令花卉绘制而成。分别为：一月迎春花、二月杏花、三月桃花、四月牡丹、五月石榴、六月莲花、七月兰花、八月桂花、九月菊花、十月月季、十一月梅花以及十二月水仙。

"康熙五彩十二月花神杯"是清代五彩瓷器精品的代表。康熙二十五年景德镇御窑厂为宫廷烧制的这套生活用瓷一共十二只，第一次把"诗、书、画、印"在同一器皿上并用，具有极高的艺术成就。康熙皇帝十分喜爱，几次南巡都带在身边，他不仅喜欢花神杯的工艺，更喜欢花卉配唐诗的文化意境。

成套的康熙五彩花神杯极为罕见。据说在近代百年时间，都未出现过十二只全套原品，为此业内不少有志人士曾经付出许多努力，仍然难以达成。其中有些月份的花神杯，比如八月的桂花杯，几乎绝迹了，至于为何绝迹，那就是一个谜团了。越是这样，无疑就把康熙五彩花神杯的价格炒得越高，炒来炒去，成套的康熙五彩花神杯已经被炒出天价了。天价是天价，迄今为止，却依然没有出现过成套的，以至于，这个天价只存在于传说之中。

如今得到一位老户人家的支持，竟能征集到这样一组成套罕见的官窑瓷器，使得传说成真，我们都很兴奋，希望能卖一个好价钱，创造新的业绩。

很少有像沈婧这么喜欢瓷器的女孩，在拍卖前的一段时间里，她几乎每天都要从库房里调出这组花神杯来看，在手中反复把玩、观赏，有时怔怔出神。

我坐在沈婧对面对着电脑打字，抬头看了一眼跟她开玩笑："你这么喜欢，不如拍卖时也填个竞价委托，自己买下来收藏吧！"

"这么贵，我哪里买得起？要不你买了送我吧！"沈婧侧头一笑，用她惯有的挑战性眼神看着我。

"领导，你饶了我吧，我——"话还没说完，正好进屋送报销单据的财务大姐不咸不淡地来了一句："让张总买啊，张总买了没准就送你了！"

沈婧的脸色变了，我也忍不住站起来，冲财务大姐吼了一句："您说什么呢，该干嘛干嘛去！"

关于沈婧和张总的传闻，渐渐在公司散开。我为她心疼，她也似乎低调了不少。拍卖进入编辑图录的紧张阶段，我们每天都加班，在库房兼办公室里给古董照相、查资料，设计图录板式，天天忙到深夜。沈婧工作起来真拼命，每天夜里三四点才走，第二天早上九点多拿着一杯咖啡又来上班了。我们虽然戏谑地称拍卖这种活就是"把女人当男人用，把男人当牲口用，比民工上班还早，比小姐下班还晚"的没有人性的工作，但还是习惯性地乐此不疲地投入其中。

当图录下厂印刷后的一个下午，张总又来公司了。离开时已经是晚上七点多，在公司附近请大家简单用餐之后，又要请沈婧去喝酒。

我开车送他们到了老地方昆仑饭店。

看着他们的背影走进酒店，不知道为什么心里感觉格外烦躁。我下车抽烟，上车睡觉，睡不着又下车抽烟，反复几个来回之后，一看表已经夜里一点多了，沈婧还没出来，我打了几次寻呼，她也不回。

我急了，找到酒店前台，号称自己是张某某的司机，要给他送钥匙。这家伙果然在楼上开了房，我的心通通直跳，嗓子眼发干，一个电话打上去，接电话的竟然是沈婧。

"领导我呼你呢，你怎么不回？什么时候走啊？！"

"我刚才没听见，那什么，你先回去吧，后天就拍卖预展了，明天一早还要布展呢，你早点回去休息吧。"

沈婧的声音听起来似乎有些慌乱。

"那你呢？！"

"你别管我了，我还有点事，你先走吧！"

电话里分明听见张总的声音在问是谁，沈婧"啪"的一声挂了电话。

我拿着被挂掉的电话愣了几秒钟，不知道为什么，觉得眼圈发红，一阵酸楚。我的心怦怦跳着，拳头攥得紧紧地，出酒店旋转门的时候险些被碰到，走到门外风吹在脸上，觉得有些迷茫。

忘记了自己是怎么上的车，也忘记了是怎么开车离开的饭店，只记得车上了三环之后，我突然很有踩油门的冲动。车速飞快，旁边的路灯飞一样地后退着，天空下起了小雨，前挡风玻璃上弥漫着水汽，我的眼睛直直地望着前方。

出辅路的时候，一辆出租车突然从另侧并线，我猛踩刹车，还是蹭上了。车里下来一个满脸通红的司机，还没等他说话，我先跳下车一把抓住他的衣领。

"你大爷的，开车没长眼啊！"这是我长那么大破天荒第一次骂人。

"你大爷的，你开那么快干吗？"他也毫不示弱，我们很快撕扯起来，他一拳把瘦弱的我打倒在地。

地上是湿的，我的身上沾满了泥水，眼眶里也含了泪。

我知道自己打不过他，但还是又一次跳起来，抱住他的腰，把他狠狠地往地下推过去。

若不是警察及时赶到，若不是责任认定时查出那个司机酒驾，我想我绝对没有那么容易脱身。

五

隔天之后，拍卖预展开始了。所有的瓷器按部就班地放进展柜，根据品种错落有致，中间一个灯光明亮的柜子里放的是本场拍卖的焦点拍品，康熙官窑五彩十二月花神杯。

全套花神杯将要拍卖的消息早已在行内轰动开了，刚开展已经有大批观众前来参观，媒体也纷纷过来采访录像。沈婧这几天穿戴打扮得格外漂亮，一直招呼着各路人马，忙前忙后，脸上却放出特别兴奋和快乐的光彩。

预展的第二天下午，张总来了，一进门就喊沈婧："婧婧啊，我来了，我来看看你的花神杯啊！"声音暧昧，听得人直起鸡皮疙瘩。

　　沈婧春风满面走过来，陪着张总进了VIP室，张总急着要看花神杯，沈婧亲自把十二只花神杯用托盘托了，拿给张总一只一只仔细观赏。

　　张总看起来兴致很高，把薄如蝉翼的小杯子一只只拿起来把玩，逐个细心检查每一只的画工、诗文、款识和品相。

　　眼看着十二只杯子已经看了十只，想不到在看到第十一只杯子的时候，竟然出了意外。

　　就在沈婧把那只八月桂花杯递给张总看的时候，也不知道是沈婧没递好还是张总没接好，只见杯子在张总的手指上一滑，竟然掉了下去。

　　只听见"啪"的一声脆响，周围的人都惊呆了。

　　地上虽然铺着地毯，但这薄如蝉翼的花神杯实在是太娇贵了，被碰出一道长长的裂缝，从口沿直达底足。

　　沈婧忍不住"啊"的一声尖叫，脸色变得煞白，我在不远处看到这一切，也几乎呆住了。

　　事隔多年，我依然记得沈婧拿起已经破损的花神杯时那种又伤又痛的表情。

　　我迅速走过去，扶着似乎有些站立不稳的她，却不知道该说什么。

　　这时候张总也愣住了，僵了一会儿开始擦汗，慢慢地才冷静下来。公司的几位领导闻讯赶来，在了解了情况之后，张总、沈婧和公司领导们一起离开了展场，去旁边的休息室里单独开会研究对策。

事后我了解了他们商量的结果，张总提出：第一，他很熟悉拍卖，知道所有拍品都有保险，拍品在预展期间意外受损可以申请保险赔偿，因此他认为拍卖公司不必担心，报保险赔偿即可。第二，因为他对拍品受损负有责任，他愿意仍然按底价投标这套花神杯，保证它不会流标，这样实际上保险公司也没有风险。

唯一真正遭受损失的是委托拍卖这套花神杯的卖家。由于十二花神杯中最为稀少的一只受损，整体品相不完整，在拍卖时并没有其他买家出价，张总以底价竞投到了这套花神杯，当场付钱提货，完成了交割。

卖方受了委屈，当然也向拍卖公司和保险公司提出申诉。后经协商，拍卖公司免收了卖方全部佣金，又及时将拍卖款项一次付清给委托人，此事终于了结。

沈婧在那一天晚上见到我的时候，我没叫她"领导"，而是改叫了她一声"姐"，她突然就没忍住，趴在我身上哭了。边哭边说咱们怎么这么倒霉，好不容易征集到一件稀世珍宝，准备在拍卖场上做出一番成绩的时候，为什么就遭遇不测呢？

我真心为她难受，也为我们的业绩受损心痛。直到半夜我们都没有睡意，各自起来上网，又在QQ上碰到了，"骨董姐"和"时光"互相安慰着，越安慰越难受，发着各种哭泣的表情直到天明。

也许毁了我们幸福快乐的就是那套精美罕见又透着邪气的康熙官窑五彩十二月花神杯吧。

六

公司还是追究了部门管理不善造成拍品损坏的责任，沈婧被罚掉了整整一季拍卖的奖金。我为她不值，做了那么多贡献却因为客户的不当行为而蒙受这么多委屈，她从此也变得沉默寡言，到年底离职了。有人说她跟了张总另谋发展，但是我知道她其实是即将去另一家拍卖公司就任更适合她的职位。

她走的那天我正在写字楼的阳台上抽烟，她也过来要了一支烟，这还真让我惊讶。

"领导，你什么时候也会抽烟了？"

"时光小同学，你能抽烟，姐为什么不能抽呢？"

"还小同学呢，我到公司都五年了，眼看也快三十了。"

"是啊，都三十了，还没女朋友呀？你就是太闷了，老低着头跟个闷头苍蝇似的，得学着讨女生喜欢啊，等以后有机会姐给你介绍几个贤良淑德的。"

"别了，自己还养不活呢，再养一媳妇？先练好眼力，赚到钱再说吧！"

"练好眼力就能赚到钱了？捡漏是靠眼力么？姐告诉你，不是靠眼力，是靠命，找男人也一样。"不知道为什么，她说了这么一句。

"骨董姐以后有机会常回来我们的拍卖会看看吧，有收到好瓷器我就给你打电话，嘿嘿。"

"没收到瓷器你就不给我打电话了？还当我是你姐不？"沈婧说这话的时候没有看我，悠悠地看着远方的天空。我一阵心酸，转过头去把烟掐了。

半年以后，传出消息，沈婧成为一家新拍卖公司的业务主管，而我也升职为本公司的业务主管。我们成了商场上的竞争对手，从此人虽不相见，名亦常听闻。

一年中总有几次未曾邀约的相逢，有时候我们在拍卖会上遇到，有时候是在某个客户的生日宴会上。她曾经笑着走过来拽拽我的西服领子说，成啊，你小子现在也混得有模有样了。我见她的脸瘦了一些，显得一双明眸更加楚楚动人。

她已经不涂很红的口红，唇角的曲线却显得更加妖娆。我趁势笑着揽一把她的腰，老战友啊，合个影呗！她也就顺势半依傍在我身侧，我们的合影曾经在一个业内小杂志上刊登过，有客人当着面夸奖，郎才女貌，真像一对啊。

其实我们从来没有私下约会过，也许是因为工作上的竞争关系或者别的什么原因，我对她的私生活一无所知。

有一次，我去一个客户家里收古董，听说她刚刚离开，我分明能嗅出空气中留存的她用过的香水的味道。我在她坐过的茶席边坐下，看到面前有一杯残茶，茶杯的边沿上印着一点点口红的印记，我想那是她用过的。

客户给我拿一件瓷器鉴定，说是她看过但价钱没有谈拢，我在手电的强光下看到那瓷器的口沿上印着一个指印，我猜那是她的食指留下的痕迹。

他们都说我看瓷器的水平已经很高了，但是我总觉得，我和她的差距，就是后天努力与天赋之间的差距，无论怎么努力，始终总是差一点点。

终于有一天，我收到了她寄来的婚礼请柬。她要结婚了，对象是她的大学同学，据说是在香港某国际投资银行工作的精英。我不认识他，也从来没听她提起过，于是我决定参加她的婚礼。

　　婚礼选择在我们两家公司都租用过的酒店宴会厅举办，我太熟悉那个地方了。那个厅的那个位置曾打破过一只花神杯，现在这个位置摆放着投影屏幕，不停滚动地播出新郎新娘从小到大的各种照片。

　　我和她认识很多年了，从来没有看过那些照片。看到照片我才知道，她小学时就住在我家附近，胡同口那棵大柳树是我们经常照相的地方，在那里我们也许无数次相遇但从未相识。

　　她中学时长得有点像男孩，只是扬着下巴的姿态从来没有改变。原来那时候她就报名参加了什刹海体校，在那里滑冰还得过奖，难怪我一次次在她面前摔得四脚朝天。她上大学的时候留过那么长的头发，后来为什么剪了？也许没有人知道答案。自她二十岁后我应该没有见过她，否则那么漂亮的姑娘我不会没有印象——直到我见到她的那一年。

　　最后一张照片我最熟悉，因为那是我拍摄的，在某次成功的拍卖之后，她手捧着当场最高价的瓷器，站在拍卖厅的门口。

　　男女双方的亲友团阵容强大，公司的同事也人数众多。我在很远的一桌和几个相熟的客户坐着聊天，直到她被众星捧月般推上礼台。我从来没有想过她穿婚纱这么漂亮，她的脸上也洋溢着特殊的光彩。新郎看起来高大威武，说话声音稳定而响亮。亲友们热情鼓掌，我也热情鼓掌，我记得那一天平时沉默寡言的我好像突然开了窍，滔滔不绝，妙语连珠地和同桌的客人们讲着各种有关婚礼的段子。一个老客人惊讶地对我说，认识你那么久，真想不到你那么能讲！

话说得多酒也喝得多，喝到新娘敬酒快敬到我这一桌的时候，我突然觉得不行了，我得走了。匆匆忙忙离开座位，自顾自地跑出酒店，钻进车里，踩了几脚油门车都没有发动，才发现自己根本没点火。

七

本以为沈婧就此获得了梦寐以求的幸福，没有想到第二年就听到了她离婚的消息，据说两个人的婚姻只维持了半年。后来她辞职自己做行家，不久就去了香港，大陆行业内从此很少听到她的消息了。

有一次想打她的电话问个究竟，才发现她原来的手机号已经停机，QQ也不再上了，我才发现我已经失去了她的消息。

这几年大陆的拍卖行业迅猛发展，我们的业务迅速走出国门，遍及日本、欧美各地。我已经很少在北京待着了，成了空中飞人，飞往世界各地搜寻古董。这个行业经过十几年的发展，客人们也经过了几拨更替，我的身边更多出现的是这几年新近崛起的新行家新客人，大家很少聊到以前的故事。

拍卖行业每年都在变化。新的公司崛起了，旧的公司消亡了。从事这行的普通业务人员们更是换了一茬又一茬，很多年轻的面孔浮现出来，见到他们就好像见到我自己十年前的样子。

后来，一场拍卖轰动香港。原来是一位享誉多年的著名藏家突然过世，毕生收藏一次性交付香港的某家拍卖行拍卖，底价定得十分便宜。国内外行家蜂拥而至，我也忍不住跑去打探究竟。

到了香港我大吃一惊，原来去世的人竟然是已经多年没有消息的张总。他自从买了那套花神杯就很少在国内的拍卖圈里走动了，事实上我基本就没再见过他。但是我知道他年纪不大，现在也不过五十几岁，为什么会突然去世我就不得而知了。

行里面都在议论，张总这次遗产拍卖最了不起的拍品是一套品相全美的完完整整的康熙官窑五彩十二月花神杯，这种全美成套的杯子，在拍卖史上从来没有见过！

我听了心里觉得奇怪，我知道他当年买了那一套康熙五彩十二月花神杯，可是其中一只是破掉的啊，难道他又配到了一只完整的？不太可能，因为破掉的那只桂花杯是十二月花神杯里最为罕见的。这十几年来，以我的信息之灵通却从未听说有一只完美的桂花杯出现在拍卖上或是古董行内。何况，花神杯有一个特点，那就是每一只款字的大小和风格都不太相同，要找到画工题诗款识风格完全一致的十二只杯子实在是太难了。

等我到了预展现场，一眼就认出了那套花神杯。不错，正是沈婧当年卖出的那套，我马上要求把其中的那只桂花杯拿出来上手观看。

没有想到，那只桂花杯竟然真的是完整的，字迹和款识风格，都和张总当年打破的那只非常相似。时隔多年，我甚至也不能分辨它们究竟是不是同一只了。

幸好这家拍卖行的业务主管和我相熟。据他介绍，张总一生为人精细，他有一个记事本，每一件藏品都记录着来源、购买时间、地点、尺寸、款识等等资料。

经查，这只桂花杯的购买时间是二十年前，在美国购买，而其余十一只花神杯，是十年前在北京，也就是在我的公司购买的！

谜底终于揭晓。老奸巨猾的张总，二十年前误打误撞买到一只罕见的桂花杯，十年前却又见到我们拍卖一套全品相的花神杯。如果正常办法竞拍下来，必然是天价，怎么办？于是他自编自导了一场阴谋，故意在看预展时不慎打破了十二月花神杯中他也同样拥有的一只，使得这套花神杯的价格大打折扣，他可以轻松以低价买入，再配上自己那只完整的，凑成了举世仅有的一套康熙官窑五彩十二月花神杯！

谁知道人算不如天算，他竟然寿命不永，还没有等到他出手那套花神杯，老天爷已经把他叫走了！

我看遍了预展的所有拍品，并没有那只残破的桂花杯，问拍卖行的那位主管，也说去他家整理遗产时并没有发现。那只桂花杯究竟去了何处，是被他秘密销毁了还是已经转手了？可能已经是被他带入地下的秘密。

我现在只有一个夙愿，就是想办法竞投下这套花神杯。我希望能经常看到它，可以常常重温人生这一段不能忘怀的记忆。

我自己并没有这么雄厚的实力，好在很快找到了公司的一位大客户，他表示正有兴趣收藏这套花神杯，求我代为竞投。

为了减少竞争，做好保密工作，我决定本人不去现场，用电话委托的方式参与竞投。我留了电话给那家拍卖行的一位工作人员，请求他一定要准时打给我。

到了拍卖时间，我早已守候在酒店房间里，电话一响我马上接了，从拍卖师频繁的叫价节奏中可以想象到场内此起彼伏的出价情况。

当这套花神杯竞价到三千万的时候，场上只有一个竞争者在和我的委托电话竞价了，我们两个人不约而同地放缓了竞价阶梯，他在三千万的基础上又多出十万，我加十万，他再加十万。

价格一点一点地攀升，我们似乎都做好了不急不躁、血拼到底的准备，一定要把对方的意志彻底摧毁方才罢休。

"三千一百万，三千一百一十万，三千一百二十万，三千一百三十万，您还加么？好，又加了十万！"

反复的叫价，时间已经持续了二十几分钟，我拿电话的掌心开始出汗，忍不住问拍卖行的工作人员：

"到底是什么人在和我竞价？能不能透露一下呢？"

"可以透露啊，因为我们也不认识她，是一位场内的女士。"

"女士？她长什么样子？"

"什么样子？说不清楚，总之是很漂亮的一位中年女士啊，身材较瘦，衣着打扮很像香港人呢。"

"她长的有什么特点么？"

"这个好像没有什么太特别的地方，三十多岁？中等身材，比较瘦，还有？"

我突然心里一动，脱口而出问道：

"她的左脸颊上是不是有一颗痣？"

"这个？我离得较远，等我站起来看一下——啊，好像，好像，对对对，是有一颗痣，在左脸颊！您认识她？"

沈婧！

我突然心中燃起了想要见一见她的冲动。

我一边叫拍卖行的工作人员继续慢慢出价，一边用脖子夹着电话迅速穿上外套，出了房间，到酒店大堂门口叫车，准备直奔拍卖行。没想到港岛突然下起阵雨，出租车久久见不到，等坐上车，电话里已经告诉我说："先生，现在对方女士已经出价到五千万港币了，您还要不要？"

"五千万？"那位客户给我的报价最高限就是五千万，我没有权限再加了，我很着急，一边让他跟拍卖师拖延时间，一边迅速拨打另一台电话给我的客户，希望他多出几口价。

意外的是这位客户的电话竟然久久不通，那边的电话反复催促，看来拍卖师和对方都等得不耐烦了，我没有办法，只好最后说了声放弃。电话里，槌声落下，五千万成交，场内掌声雷动。

十分钟之后，我赶到拍卖的酒店，几乎是用冲刺的速度，飞奔到拍卖场里。

我想见一见沈婧，多年不见，你还好吗？

跑到拍卖场门口，望着黑压压的人群，我的心跳突然加快，我知道那是为什么。我是多么想寻找那一张翘起下巴的面庞，那双我曾经无比熟悉的仿佛总是可以洞察我内心世界的眼睛。

遗憾的是我发现拍过花神杯之后，大概高潮已过，人群开始渐渐散去，仔细看了半天，并没有沈婧的身影。

我找到那位拍卖行的工作人员，他告诉我说，那位女士在竞价到花神杯之后，随即在掌声中转身离去。

我请求他，如果那位女士来付款的话，请她一定联系我，我有要事想和她谈谈，然后我留下了自己的名片。

走出拍卖场，已是夜色深沉，港岛的灯光忽明忽亮，人群里依然找不到她的背影。我一个人从中环慢慢地走到湾仔，又走到铜锣湾我住的柏宁酒店附近，远远地看到对楼上四个霓虹灯的大字闪烁：

耶稣是主。

在那附近有一家很小的烧味菜馆，以前我和沈婧来香港出差的时候，总是在那里吃饭。走到菜馆门口，突然觉得很饿，就进去点了一碗叉烧饭，那是沈婧以前最喜欢点的饭。菜馆已经准备打烊，没有旁人，我独自一口一口地吃光了所有的叉烧，觉得好像总有一个人应该坐在对面看着我，可是她不在。我想是我累了，容易产生幻觉，所以后来匆匆付了帐回去睡觉。

一个月后的某天，我在某个机场准备出差。那家香港拍卖行的工作人员打电话给我，说前一天花神杯的买家来提货了，来人是一位男性中年绅士，并不是当时举牌的女士。他们核对资料也发现办理号牌的就是这个人，也许是当时在现场看错了，或者是其它什么原因，他们也不好多问。他们转达了我的名片，但是那位绅士说他不认识我，也无意与我联系。

也许上天注定，在我从沈婧婚礼离开的那一刻起，已是永诀。

八

我以后再也没有见过沈婧，可是我的办公室书架上始终摆着那套康熙官窑五彩十二月花神杯的照片。每当加班至夜深人静，总会不经意间看到那套照片，想起那个最初带我走进这个行业，陪我一起加班的人。

微博开始流行的时候，我发现"时光"这个名字已经被注册占用了，突然想起沈婧的话，灵机一动，就改名叫作"骨董时光"。

用这个奇怪的名字，我已经发了几千条琐碎的废话，有了数万粉丝，每天在这些拥有相同爱好的朋友中检索，却从来没有找到那个叫"骨董姐"的人。

拍卖工作忙碌又琐碎，在这点点滴滴的琐碎和忙碌中，青春正悄悄逝去，无论是我，还是我身边爱着的人们。

只有公司楼下的桃花，不知为什么开得一年比一年灿烂，都说空气污染雾霾严重，为什么它却如此从容与顽强？

或许它才是真正的"花神"吧。

※ 花　事

　　沈婧说她只爱一个人，心里全是他。所以才做得到视大佬如无物，江湖如平路。她说女人把爱一个人作为信仰，也可以是一种活着的方式。

　　苏言却从来看不懂。这个混迹于拍卖行、古董商和富豪大佬之间的女人，她所谓那个唯一的爱，到底是男人、古董、金钱，还是江湖。

一

　　姜、吴两位大佬的联名跨年晚宴，被认为是收藏江湖里最不可思议的一次聚会。姜总雄居东北，吴总盘踞江南，一北一南，是当今艺术品收藏圈里最炙手可热的人物。

他们是每年国内艺术品拍卖市场里最顶尖昂贵书画古玩的购买者，被视为拍卖行的定海神针。他们的收藏趣味，直接影响了每年不同艺术品板块的价格涨落。

他们是庄家，是操盘手，但也是宿敌。

无数次面对同一件拍卖专场封面的你争我夺，构成了拍卖场里令人热血澎湃的情景。他们的收藏趣味太相近，对明星拍品的占有欲太强烈，虽然平时并无私人恩怨，但在拍卖场上却难免兵戎相见。

这一年的元旦前夜，不知何人居中谋划调停，或者两位大佬有心化干戈为玉帛，竟然联名在京城某酒楼摆宴，名为"跨年庆典"，遍邀海内外熟识的亲友、藏家、行家以及各大拍卖行高管聚餐，共贺新年。请帖发出之后，艺术圈拍卖圈内兴奋至极。当晚，各路精英云集，在豪华而热烈的气氛中，大佬的江湖宴，轰轰烈烈地展开了。

二

苏言就是在这个饭局上认识的沈婧。

在这种精英云集的饭局上，照例会有一些大佬们不太认识的漂亮姑娘来蹭饭。她们多半都是刚入行一两年至多三四年的年轻美女，有拍卖行的也有画廊的，打扮得像餐桌上的水果一样新鲜，总是略带腼腆地主动跑过来跟你敬酒或是说些客套话。苏言很奇怪她们为什么不找年龄相当的小伙子去，而总是把宝贵的业余时间用在和这些无聊大叔混吃混喝上。其中一个姑娘曾这样回答："因为小伙子比大叔还无聊。"

在这个宴会上，苏言坐在第四桌的主位上，这让他有些落寞。宴会的排桌是这样的：第一桌是姜吴两位大佬、几位政界商界的明星、著名收藏家以及两三家顶级拍卖行的总裁。之后桌席以单双排序，第二桌是姜家的重要亲朋好友，第三桌是吴家的重要客人，依次交替。苏言作为姜大佬最重要的智囊和收藏顾问，没有被安排在第二桌而被放在第四桌招呼古董行家和拍卖行部门级主管，虽然也算恰当，毕竟显得稍远了一些。

也恰是因为这样，他才有闲暇不用过多应酬客人，而去左顾右看，于是他看到了沈婧。那天沈婧穿条牛仔裤，曲线玲珑，上身是件白毛衣，领口开得很低，露出雪白的一段。大概觉得有些过，脖子上又围着一条围巾。就是这条围巾吸引了苏言，因为那上面是一件特别漂亮的官窑瓷器的图案，苏言想来想去，竟不记得这是哪一家博物馆的藏品或是拍卖市场上曾经出现过的？

沈婧主动跑过来给苏言旁边一位姓李的行家敬酒，对方也把她介绍给苏言："这位苏老板可厉害啊，姜总买什么都要听他的，最重要的，还是钻石王老五。来来来，你快敬他一杯！这位美女嘛，苏总我给你介绍一下，这位以前是某著名拍卖行主管，现在又在另一家拍卖行负责业务，她是我们古董圈公认的大美女，绝对官窑级啊！"

苏言这时已经喝得有点醉了，连声说美女幸会，推桌起身敬酒，拿起酒杯就干，结果唇对歪了，酒全洒在衣服上。沈婧迅速拿起一张餐巾纸帮他擦："大叔啊，小心点，你看这人老了就是不行，吃什么都漏。"苏言接过她手里的餐巾纸去擦裤子："嗯，我撒尿还老撒在裤子上呢。"

其实苏言也才四十岁，管沈婧应该叫小妹妹。后来，苏言喝得头脑发热就走到酒店门口有风的地方站了会儿，沈婧也跑出来了，点了根烟抽。两个人站在门口，相视点点头，却突然发现漆黑的夜里，开始飘飘洒洒地扬起雪花来。

那是二零零五年的第一场雪，也是最后一场，因为还有不到一个小时，二零零六年的钟声就要敲响了。

"你那条围巾上的图案真少见啊，从来没见过这样的瓷器，但一看就是珍品！"

"是吧！"沈婧特别得意地笑了，"这可是全世界唯一一条官窑围巾，孤品啊！大叔猜猜是什么年份的？"

"不用猜，这样子，如果东西对，一定是明代永乐官窑梅瓶。东西是你的么？有没有机会看一看？"

"当然有啊，你想看，以后找我吧！"

沈婧扬起头，漆黑的眼眸闪闪发亮，伸出一双纤手去接天上飘下的雪花："啊呀，终于下雪了，今年的雪来得真晚啊。在我小时候，每年冬天雪经常积得没了大叔的裤脚哦！"

"你老家是东北的？"

"你看我像吗？"

"不像，我看你像台湾的，东北人说话哪有这么嗲声嗲气的？"

"讨厌！我是北京的，北京妞说话不是这样么？"

两个人一前一后回到酒席，正逢酒席上欢声雷动。谁曾想到，姜吴两位大佬，在拍卖场上你争我夺竞争多年，竟然都不知道对方和自己会是同一天生日。恰逢好友点破，想起这些年来的风烟过往，真有相逢是缘，人生难得知己更难得对手之感。一笑泯恩仇，人坐到一起，酒喝到一块，从此成了兄弟和伙伴。项目合作，拍品资源共享，共同促进艺术品市场健康发展。

三

后来苏言又喝了很多酒，第二天酒醒已经在家里了。想起沈婧来，打电话给行家老李问道："你昨天介绍给我认识的那个叫沈婧的女孩不错，她还有件瓷器我想看看。我昨天喝多了忘了跟她要电话了，你有她的电话么？"

老李想了半天说："沈婧？没有这个人啊！我记得我介绍给你有个叫张静的，是台湾一个画廊的美女，但是你说搞瓷器的？姓沈？没有这个人啊？你是不是喝多了？"

"你才喝多了呢，快点把她的电话交出来。"

"怎么了兄弟？动心了？别怪我没提醒你啊，那妞可不是个省油的灯，据说跟很多大佬都贴得挺近，你可小心点。"

那场饭局后又过了几天，苏言去上海参加拍卖，拍卖会在延安饭店举行，他作为重要客人也被拍卖行的主管安排住在这里。

这是上海一家知名的老饭店，虽然地理位置方便，但年久失修，晚上抽水马桶坏了，整夜发出滴滴答答的声音。除此以外，黑夜里一片寂静，苏言睡不着觉，拧亮了床头灯，靠在床头看书。

突然听到隔壁房间里有人用手指敲击墙壁，声音就像敲门一样——"砰砰砰"响三下，停一停，又是"砰砰砰"。

隔壁闹鬼了？苏言早就听说，这是上海一家经常闹鬼的饭店，因此每层楼的地板上都铺着抄写着经文的地毯，但是苏言从来不信这些，他只是觉得好玩。他找到对方敲击的位置，也用手指关节敲起来，"砰砰砰"。

隔壁很快回应他同样的三下，"砰砰砰"。

就这样，你三下我三下的，越敲越欢乐，一种神秘感让他们都很兴奋。

很快，电话响了，隔壁房间打过来的，一个年轻女人的声音。

"您好，我是隔壁的房客，对不起啊，是我家小朋友不睡觉胡闹来着，我刚才去洗澡了这会儿才发现，没有吵到您休息吧。"

苏言一听，这声音很熟悉，不是沈婧吗？

"沈婧是你啊？你在上海？巧了竟然住我隔壁啊。"

"哦——大叔啊？怎么是你，你也是来上海参加拍卖会的？今天太晚了，明天早上吃早饭时聊吧！"

"好啊，八点半吧，楼下餐厅见。"

第二天早上在餐厅，苏言看到沈婧独自坐在靠窗的座位，前面只有一盘水果和一杯咖啡。

"你家小朋友呢？"

"哪来的小朋友？你看我这么小的年纪，像有孩子的人么？"

"那么昨天你撒谎了？我以为真是你的小孩子在胡闹。"

沈婧的脸有点红了："那是我不好意思呗，碰到孤单的时候我就会突然想胡闹，会想旁边的房间住着什么人啊？会不会偶遇一个同样孤单的帅哥呢？想不到……"

"想不到是一个丑大叔？"

"哈哈，这可是你自己说的。"

两个人聊得很投机。

沈婧告诉苏言，自己到上海来是为了征集拍品，她刚刚就职一家新成立的拍卖公司，正在为发展业务东奔西走。

"上海滩卧虎藏龙，你来到这里征集，一定会有收获，拍卖会上肯定能认识一些客人，另外我也会帮助你的。"

几顿茶饭，两个人拉近关系之后，苏言带着沈婧去寻访客户。他们来到了离延安饭店不远的长乐路。这是上海的一条老马路，路上遍布老洋房和名人故居，在浓荫下静静地隐伏着旧岁月里的无数轶事。

位于茂名南路和长乐路口的兰心大戏院，是中国内地出现的第一座西式剧院，整体为意大利文艺复兴时期风格的建筑，很多老上海人至今依然记得它那典雅的英文名字：LYCENM THEATRE。就在这座戏院附近，有一家"兰心文物商店"，这是一家国营老店，经理是苏言的好朋友。在苏言的关照下，他拿出几件库存的瓷器供沈婧挑选，沈婧很快选中了她在上海征集到的第一件瓷器——一只乾隆年间的粉彩水仙花卉小碗。

"多好的碗啊，尺寸刚刚好，九点五厘米，这是官窑碗里面最好的尺寸。不大不小，盈盈一握，最符合皇帝的心意。"苏言握着这只碗，非常赞赏。

"九点五厘米？我懂了，是不是暗合古代皇帝是'九五之尊'的意思呢？"沈婧笑盈盈地看着他。

"你这丫头，脑子真好使，你是怎么想出来的？可惜啊，错了！古代的度量衡和现在的不同，怎么能用当代西方计量方法去分析古代中国人的思想呢！"

沈婧吐了吐舌头，眼睛一转说："可是我可以这样推销啊，我就到处捧着这只碗说，这是皇帝最喜欢的'九五之尊'御用宫碗，没准哪个大款就信了我，把它高价买回去呢！"

沈婧哼着歌，把碗包好带出了文物商店。苏言跟在她后面，两个人并肩走在老上海的浓荫里。

"你说你以前是一家著名拍卖行的业务经理，后来怎么辞职去了新公司？"

"是啊，腻了呗，想换换环境。"

"可是据我所知，那家公司各方面比你现在的公司强很多，同样的位置，为什么要跳槽呢？"

"大叔啊，你好像对我的个人经历很感兴趣哦？"

"大叔关心你呗。"

沈婧不吭声，走了几步，突然回过头，扬起下巴，很认真地看着苏言说："大叔啊，你帮助我，我很感谢你，但是我们合作只有一个要求，你能不能答应我？"

"哦？什么要求啊？"苏言停下脚步，半戏谑地看着她。

"请你，千万不要，千千万万不要，喜欢上我。"

沈婧说这话的时候，风把几丝散发吹粘在她轮廓优美的下巴上，乌黑发亮的眼睛里闪动着一丝狡黠的可爱，直直地盯着苏言，苏言倒真觉得自己心里被电了一下。

"哈哈，你太瞧不起大叔了，喜欢你怎么了，我还喜欢我侄女呢。"苏言把手一背继续走路，沈婧也继续跟在他后面。

"难道你离开原来的公司是因为你的男主管追你？"

"为什么一定是男主管？男秘书就不成么？大叔，你可要小心哦，追我的人很多，最后都很惨的！"

一种奇怪的预感突然袭来，让苏言不知不觉在心里打了个哆嗦。

廖一梅说："在我们的一生中，遇到爱，遇到性，都不稀罕，稀罕的是遇到了解。"苏言觉得这句话得改改，"了解"是个太模糊的词语，给了多少所谓的蓝颜知己和红颜知己一个"可惜不是你"的借口。其实真正能让两个人在一起的，应该是两个生命互相吸引的能量场和不可撼动的价值观吧。

苏言第一眼见到沈婧的时候，就觉得心中一动。她整个人透出的那种生命能量，让他觉得似曾相识。苏言觉得，古董圈里只有两种人：一种是没有灵魂的人，终日忙忙碌碌，只是为钱奔走；另一种是灵魂扑面而来，情感丰富的人，和他们在一起，那种快乐远远超过古玩带来的片面感受。

四

拍卖市场上风云变幻。沈婧所在的公司在随后的几年中发展迅速，苏言还是更喜欢她原来所在的那家资质较老的公司。那家公司新换的业务主管是一个年轻的瓷器专家，样貌文弱。每次苏言去的时候，小伙子都屁颠屁颠地跟在后面。

有一次，苏言问他："听说你们这里以前有个女主管，后来离职了，是怎么回事呢？"

"你是说骨董姐么？"

"骨董姐？什么人？"

"啊，对不起，顺嘴秃噜了，那是她的网名。沈婧，她是我以前的领导，现在去了别的公司。"

"骨董姐？有意思。网名吗？现在的小朋友都有网名啊，那你网名叫什么？"

"让您见笑了，我叫时光。"

"时光？骨董姐？你们的风格太不一样了，就跟你们两家公司的风格不一样是相同的。"

苏言其实是一个比较单纯的人，不喜欢和拍卖公司日常有太多业务之外的接触，但是他实在佩服沈婧对北京各种吃喝玩乐场所的熟悉程度。他们每次见面，虽然总有一些业务原因，但总离不开饭局。一顿饭，有时候饭前喝下午茶，有时候饭后喝咖啡，总时长不会超过四个小时，一个月约会不会超过两次。

他们似乎都深知，人与人之间是多么容易彼此厌倦，因此在这一点上都小心翼翼。有时候赶上拍卖会，不得不天天见的时候，他们宁愿选择打个招呼，一笑而过，不吃饭，也不说更多的话。

接触久了，苏言发现沈婧这个姑娘真不简单，虽然年轻，但是眼力很好也很杂。无论是书画、瓷器还是杂项，多半都能看懂两眼，而且认识的人非常多，各种各样的客人都在找她。她总能根据他们的不同需求分类管理，把那帮大佬搞得妥妥的。

有一次聊天的时候，苏言问沈婧，你这么漂亮有没有大佬追你啊？沈婧笑着说，有大佬管她要过八字，说是找大师帮她算命，后来算过是大富大贵命。苏言笑着说那就是大佬想包养你啊，你从不从啊？沈婧反问他，换成是富婆想包养你，你从不从呢？你难道不知道保持距离和留有余地是不受伤害的定律么？对付大佬，必须要懂得控制，全盘投入，全盘皆输。

二零零九年之后，拍卖市场迎来了一轮狂飙。苏言帮助姜总各处竞投顶级拍品，变得忙碌起来，居然有大半年没有见到沈婧。再次相见，竟然是在飞机上。

那是一班从纽约飞往巴黎的班机，傍晚起飞，第二天当地时间的凌晨到达法国。商务舱基本空着，三三两两坐着的大多是外国人。苏言一眼就认出了沈婧，她正一个人靠窗坐着呢。

飞机起飞之后，两个人坐在了一起。服务员开始发饮料和晚餐，苏言非常自觉地把自己分到的鹅肝让给了沈婧。

"谢谢大叔，想不到你还记得我最喜欢吃鹅肝呢。"

"你也真可以啊，大半年没见，你现在常跑海外征集了？"

"是啊，巴黎有几个做古董生意的朋友，请我过去看看呢。您呢，也是去巴黎参加拍卖会？"

"最近法国有一位著名时装大师，是个同性恋，生前收藏大量中国古董，去世后因为没有后代，收藏全部拍卖。我看上了几件东西，要不一起去看看？"

"好啊，我就住在卢浮宫旁边的酒店，大叔您呢？"

"我还没有定下来，本来想住在朋友家里，也可以考虑和你住得近点，做个伴呗。"

沈婧吃完饭就塞上耳机，听着音乐睡着了，头渐渐偏过来，枕在了苏言的肩上。苏言同样塞着耳机，却久久没有睡着。他小心翼翼地帮沈婧把从她身上滑落的毛毯重新盖好，闻到她头发里散发出的淡淡的香气，觉得心里特别安静。

飞机即将抵达巴黎的时候，苏言觉得自己似乎真的睡着了，朦朦胧胧地梦到了自己的少年时代。那时候他在一个部队大院里生活，经常去邻居家串门，邻居家的阿姨是大院门诊部的护士，特别爱干净，每次开门都要苏言先脱了鞋再进门。护士阿姨酷爱饮茶，家里有几只玲珑剔透的小茶杯让人难忘，每只茶杯上都画着不同的花卉。苏言后来学习古董，才知道那种茶杯叫"花神杯"，是康熙时期官窑生产的一种名贵瓷器，但是护士阿姨家的那几只，应该是解放后生产的仿古瓷。

苏言正睡着，突然感觉沈婧使劲地摇晃他的肩膀，他睁开眼，看见沈婧满脸都是兴奋。

"大叔，别睡了，你快看啊，真美！"

苏言往窗外看去，他也惊呆了，这是他一生中看过的最美的舷窗景色。此时飞机在凌晨飞到了巴黎市区，正往戴高乐机场方向缓缓下降。天空净朗，一轮巨大的月亮，又黄又明亮，正好映照在塞纳河上。两边的建筑群灯火辉煌璀璨，像无数明珠镶嵌在一条闪闪发光的玉带上，美得让人窒息。

沈婧靠在舷窗边，一边呆呆地看着，一边喃喃自语："若得一心人，不再生离别，同为天下游，共邀窗前月，多好啊。"

苏言笑道："怎么突然变得这么文艺了？对啊，你也岁数不小了，你的一心人呢，找到了吗？"

沈婧幽幽地叹了口气说："大叔，你是第一个知道的，我快结婚了。"

苏言心中暗叹，表面却不动声色："结婚？好事情啊，小伙子干什么的，我给你把把关。"

"是我的中学同学，现在香港某国际投资银行工作。"

"呵，还是青梅煮驴呢，结婚该请驴肉火烧吧，什么时候办酒，我一定参加。"

以苏言对沈婧的观察，她对这段婚姻并不热忱，此后在巴黎的时间，她再也没有提起过她的未婚夫和她未来的生活。沈婧对巴黎的熟悉出乎苏言的想象，她带他走了很多地方，认识了很多古董商，也见到了不少宝贝。

在大皇宫，他们参观了那位艺术家的中国收藏品拍卖预展，苏言独独对两只康熙官窑五彩花神杯产生了浓厚的兴趣，而沈婧却不愿意多碰。

"这么美的康熙官窑瓷杯，你难道不感兴趣？"苏言问她。

"没有啊，有兴趣有啥用，反正我买不起，将来有人送我一只，我就拿它喝茶。"

"哈哈，让你老公送吧。"苏言故意想挑起话题。

想不到沈婧没有理他，很快走开了。

离开巴黎的最后一个夜晚，他们走在寂静的卢浮宫外，玻璃金字塔的光芒照耀穿宇。在塞纳河桥上，他们见到一对年轻的情侣正在从彼此的怀抱里不情愿地挣脱出来告别。英俊的金发男生摘下自己鲜红的羊绒围脖，温暖着白人女孩冻得粉红的面颊，轻轻地吻了她的额头，然后柔情似水地望着她离去。

"我的老公也是那么一个笨人，"沈婧突然叹了一口气，"他就知道对我好，从上中学的时候就开始追我，天天骑车接我上下学，给我买早点，给我们家换煤气罐，可没羞没臊了。"

"这不是挺好么？"

"可是我觉得没意思，你不觉得这种男人很笨么？他这辈子就会爱一个人，守着我就觉得心满意足了，你不觉得很无聊么？真实的男人对于女人来说是无耻的，真实的女人对于男人来说是麻烦的。爱情是全世界最大的黑色幽默，它让男女扭曲自己的本性，只为一个无耻或麻烦的人以爱情的名义共度一生，结果发现这件事从头到尾都是个笑话。"

"小同学，看来你患有深度的婚姻恐惧症了。"

"谁恐惧了？告诉你，我明天回去就结婚给你看。"

沈婧赌气似地快步向前走去，苏言笑着跟在她的后面。他看到她苗条的背影被天上的月光映在卢浮宫外的水池里，又映在玻璃金字塔的闪光里，也变得闪闪发光。

五

沈婧婚礼那天，苏言也去了。婚礼选在一个经常举办拍卖活动的酒店，嘉宾有很多拍卖圈的人士。苏言坐的那桌有不少熟人，但是话最多的一个是沈婧原来的同事时光。他拉着苏言旁边一个老行家的手，唠唠叨叨地讲了很多拍卖行的八卦故事，听得苏言有些厌烦。

苏言是那种特立独行的行家，自视甚高，从来不喜欢和一般人闲扯。当沈婧和新郎过来敬酒的时候，苏言才说了几句客气话。他跟新郎说，你小子运气真好啊，娶了这么一个漂亮聪明的老婆，按我们古玩行里的话说叫"捡漏"啊。你可得好好对她，否则我们就要把她骗出来拍卖掉。说得新郎有点不好意思，赶快敬酒，苏言干了好大一杯，心里痛快了些，回过头来想招呼时光聊上两句，却不见了他的踪影。

也可能是苏言酒喝多了有点幻觉，他觉得沈婧在婚礼上有意无意地总往他这里瞥。他左顾右盼自己周围的人除了自己之外好像实在没有哪一个是值得新娘反复照看的。她瞥的难道是自己？这一瞥又一瞥的，确实瞥得他内心柔软，好像是夏天的柏油路，会粘住他每一次想要拔起的脚，想要离去，又无法离去。

苏言有一段时间没有沈婧的消息。后来听说沈婧在结婚后第二年就离婚了，两个人的婚姻只维持了半年。不久去了香港，辞职自己做行家，大陆行业内从此很少听到她的消息。又过了一段时间，苏言接到了沈婧的电话，她在香港换了新手机，却希望能继续和他保持着合作和联系。

那年，一场拍卖轰动香港。原来是一位享誉多年的著名藏家突然过世，毕生收藏一次性交付香港的某家拍卖行拍卖，底价定得十分便宜。国内外行家蜂拥而至，苏言也忍不住跑去打探究竟。

行里面都在议论，这位藏家的遗产拍卖最了不起的拍品是一套品相全美的完完整整的康熙官窑五彩十二月花神杯，这种全美成套的杯子，在拍卖史上从来没有见过！苏言在沈婧的陪同下来到预展现场，拍卖行的工作人员早听说过他的大名，主动推荐他来看那套花神杯。沈婧厉害，点名要先看十二花神杯中的桂花杯，这可是花神杯中最难碰到的一只。

苏言看到沈婧看花神杯的时候特别小心，一定要让工作人员把杯子在托盘上放稳了，撒手之后再小心拿起来看。看的时候，眼睛里流露出一种特别眷恋的感情。看过之后，交给苏言说："没错，这是康熙五彩十二月花神杯的珍品，太难得了。"

苏言出了预展现场对沈婧说："这花神杯我要定了，但是我本人不能去现场竞拍，否则会被人抬高价格。你去替我举牌吧，我会在场外电话遥控价格。"沈婧犹豫了一下说："好吧，这样的好东西，你替姜总买到也是不吃亏的。"

那场拍卖开始之后，苏言就坐在酒店大堂里等沈婧的电话。不久电话响了，从电话里可以清晰地听到拍卖师报价的声音，那套花神杯从起价开始，就有多人加入竞争。沈婧也一直在报价，到了三千万之后，报价的节奏才变缓。

"只有一个人在跟我们竞争了，是委托席上的电话，也不知道是什么人。"

"没有关系，我们也放缓节奏，十万一加，一定要拼到底。"

"现在是三千零五十万，零六十万，零七十万……四千万了，委托席上那个打电话的人离我很远，他现在站起来看我，想看清楚我的样子。"

"他认识你么？"

"应该不认识，他在跟电话里的人说什么，可能是在描述我的样子。没关系，不会有人知道是你在买的，我们继续出价吧，现在四千零五十万。"

"好的，不着急。"

"五千万了，委托电话有点犹豫，示意拍卖师多等等他……他还在犹豫……好了，差不多了，五千万！我们的！"

拍卖师的槌声落下。五千万，花神杯到手了。

"你出来吧，我在大堂咖啡厅等你。"

苏言放下电话，这时才感觉到掌心都是汗水，身上也有些潮热。这时他看到一个熟悉的身影匆匆忙忙从外面转门进来，穿过酒店大堂直奔电梯而去。

他认识这个人，沈婧婚礼上他们还坐一桌呢。那不是国内某家拍卖行的业务主管时光么，他也想来看看这场拍卖的实况吧。

时光进了电梯，电梯向上面的拍卖厅升去。几乎同时，另一个电梯门打开了，沈婧走了出来，有些心事地来到大堂咖啡厅。

"美女厉害，花神杯到手了。"

"应该恭喜大叔您才对，为姜总买到了这样一套重量级的藏品。"

"姜总？不，这套花神杯是我自己买的，我自己收藏！"

"你自己买？"苏言此话一出，沈婧似乎一愣，眼睛里飘过一丝阴霾。

"怎么？我不可以收藏么？你以为我所有的重器都是帮姜总买么？这套花神杯我非常喜欢，感谢你帮我办成了这件事。咦？你怎么了？好像一直有点愣神。"

"哦，没什么，只是，刚才看到几个熟人在跟我竞争，有点心神不定。另外，也不知道委托电话是什么人，居然能出到那样的价钱。"

"这场拍卖受关注，很多人竞争是正常的，刚刚我还看到一个熟人冲进电梯呢，可能是来晚的。走吧，我们庆祝一下，好好大吃一顿。"

六

一个月之后，苏言独自来到那家拍卖公司，付款提货。令他意外的是，拍卖行的工作人员交给他一张名片，上面是时光的名字，说这个人很想和买到花神杯的人联系联系，有事情想当面告知。会是什么事情呢？他婉转地拒绝了，告诉拍卖行的人员他不认识这个人，希望拍卖行的工作人员尊重客户，替他保密。

当天晚上，苏言在香港请沈婧吃晚饭。他在中环置地广场附近的一家中餐厅订了位，换上了干净的衣服。六点半的时候，沈婧如约而至，穿着一身浅色绣花旗袍，面容清丽，神情却一反常态地有些拘束。他们点了一瓶酒，微醺之后，苏言当着沈婧的面，拿出一个小锦盒。打开锦盒，里面放着一只花神杯，正是那套康熙官窑五彩十二月花神杯中最为少见的桂花杯。

"啊！你提货了！这么快！"沈婧有些讶异。

"是啊，不快不成啊，我要赶在明天到来之前，把它提出来。本来想明天请你吃饭的，可是，还真的有点等不及呢。"

"明天？为什么呢？"

"难道你忘了？明天是你的生日。这只花神杯是我送给你的生日礼物！"

沈婧惊讶地睁大了眼睛："你疯了么？十二花神杯最为难得的就是成套，一旦拆开，再凑成一套可就难了！"

"这就是我想说的。"苏言平静地看着她，"十二花神杯拆开了就不容易再凑成一套，但是如果我们在一起，就永远不会拆开，对么？"

沈婧有些愣住了。

"沈婧，你听我说，我一直想和你说一些话，可是我很害怕。人老了，最怕的就是当你想对一个人敞开心扉说出全部心里话的时候，对方不和你认真，不能同样地敞开她的心。那样，倾诉的一方就会觉得很丢脸，好像受了伤害。但是，人总要有这一天，必须得冒险，去找到合适的人，勇敢地说出他想说的话。沈婧，你知道，自从我见到你的那一天，我就……"

苏言刚想说下去，没想到沈婧突然把手伸过来，捂住了他的口。她的手虽然柔弱，却有一股清香的气息，使他无法推开。

"大叔，你不要说下去了，感谢你送我这只花神杯，那我就不客气啦，晚饭后我请你喝酒啊！"

　　沈婧说罢嫣然一笑，随手拈起这只花神杯，放在灯下照了照，赞了一句"太漂亮了"，就把锦盒合上，收在了身后。

　　苏言的脸一阵红一阵白，愣在了那里。

　　他突然觉得自己是个大傻瓜，想得的不可得，该舍的舍不得，却又舍了，这话该怎么说回来？

　　这顿饭，菜点得十分精致，他们却吃得非常拘束。饭后，沈婧请他去附近的兰桂坊酒吧饮酒，他只好去。他们不说话，只喝酒，很快都喝多了。苏言还好，沈婧出了门就开始呕吐。吐过之后，又说胃疼，口渴，要求到苏言住的酒店休息。

　　他怎能拒绝一个醉成那样的她的要求，于是搀扶着她走进了酒店。

　　沈婧进了房间就倒在床上人事不省，苏言只好靠在沙发上休息。旅途的疲惫和白天拍卖的兴奋，使他困得不成，渐渐也打起了瞌睡。

　　半夜的时候，苏言觉得有人抚摸他的脸。他睁开眼睛，沈婧已经趴在他旁边，用那双在黑夜里格外闪闪发光的眼睛看着他。

　　"沈婧，你要喝水么？我给你烧点水！"

　　他企图离她身体远点，但是否真正如此企图？总之双手无力。沈婧的头发披散，样子有些忧郁，却又很认真地盯着他。

　　"大叔，我知道你喜欢我，但是你并不了解我，我们根本没有生活在同一个世界，你知道么？我知道你送给我那只昂贵的花神杯是什么意思，但是我不能答应你，坚决不能！"

她把头靠在他脸颊旁的沙发背上，头发里混合着酒精和香水的气息直冲他的鼻腔，他的头脑有些发昏，她也还是醉着，她不清醒。

　　"你知道我这些年有多苦么？你知道一个女人独自承担这么多事情有多累！"

　　苏言想说他其实知道。他知道她很不容易，他知道她心里一定有一个人，这个人不是他，这个人真可恨。他天天折磨着她，她为他空付了青春，辜负了多少美丽的年华。

　　沈婧依然喃喃自语道："大叔，你知道么，其实我一直爱着一个人。这个人离我好远，我们不可能在一起，但是没有办法，我没有别的招数，我爱一个人就是对他好，死磕。以爱他为唯一准则，别的全都靠边。"

　　"他就是你的真爱么？不是你过去的丈夫么？他是谁？"

　　苏言这样问着，不知为何，心里突然燃起一种强烈的嫉妒和仇恨心理。最可怕的是，因为和沈婧的身体接触，他突然觉得自己的身体有了某些反应，让人羞愧的生理反应。

　　沈婧马上觉察出了这种反应，立刻从他身上爬起来，远远躲开，但很快又是一阵想吐，于是冲进了卫生间。

　　苏言颓然坐在沙发上，听到卫生间里，马桶反复冲水，以及她痛哭的声音。

　　他渐渐平复了情绪，起身拉开窗帘，点上一支烟，窗外是维多利亚湾沉沉的夜色，远处只有一座高楼上霓虹灯拼出来的大字闪烁：

　　耶稣是主。

一个小时以后，沈婧打开洗手间的门走出来，走到他身边坐下来。她的脸已经洗过了，头发也归拢整齐。他递给她一支烟，两个人一起抽烟，一起望着窗外香港的沉沉夜色。

　　沈婧扬起下巴，对苏言说："我告诉你一个秘密吧，你想听吗？如果你想听的话我就告诉你，但是代价是我从此会从你的世界里消失。因为这个秘密，现在这个世界上只有我一个人知道。"

　　"这个秘密重要吗？与我有关吗？"

　　"以前与你无关，但是现在，多少也与你有关了。"

　　"那我还是情愿不要听了，我不想你从我的世界里消失，无论是用什么秘密的代价来换。"

　　沈婧笑了："大叔啊，你真傻，你什么时候变得这么傻啊？"

　　"大叔老了，老年痴呆提前了。你没记得我们第一次见面的时候我都把酒洒裤子上了吗？"

　　"那么好吧，我再给你一个提示，这个秘密是与这套花神杯有关的。"

　　"那我也不想知道。"

　　"你不想知道我就偏告诉你，你知道这套花神杯是怎么凑齐的吗？"

　　"我知道。"

　　"你知道？"沈婧非常惊讶。

　　"我本来不知道。但是，有一个叫时光的人，在拍卖公司给我留了一张名片，我本来不想打他的电话，但是后来还是忍不住打了。"

　　"时光？他说什么？"

　　"他说他很想念一个叫骨董姐的姑娘，他说他很想知道这套花神杯是不是她买去了。因为这套花神杯里面有一个故事，只有他们两个人知道，他想亲自找到她证明一下。"

"你告诉他了么？"

"没有。我说我不认识什么骨董姐，对故事也不感兴趣，我买东西只凭自己的眼力。我喜欢这套花神杯，我收藏，就这么简单。"

沈婧沉默了，沉默了很久，才对苏言说："我想告诉你的其实不是那个故事，不是时光跟你说的故事，因为那不是故事的全部真相。"

她看着他，像是下了很大的决心似的，才又继续说道："这些年我一直活在忏悔之中，这才是我痛苦的原因。在我年轻的时候，抵抗不住诱惑，犯了一个错误，我……"

"不要说了，"苏言马上打断了她，"这些事情你不能说，一旦说出来，是要承担很大的责任的。你要承担责任，我也要承担责任，但是谁年轻的时候没有犯过错呢。在我的江湖生涯里，我认识的很多古玩商，很多大佬，他们的成功背后，都有着很多错误。有些被揪出了，有些永远不会被揪出，但是重要的是他们明天会怎样做，是弥补错误做更好的自己，还是继续错下去，重要的是我们如何看待明天。你是一个我觉得特别好的姑娘，在我的心里有特别重要的位置，我希望你的未来一片光明。"

沈婧沉默着，又过了很久，她说："让我再看一次这只花神杯吧，也许是我最后一次看它呢。"她站起来，走到柜子边，把手放在了锦盒上，但是犹豫了一下，又没有打开。"好吧，就让这个秘密永远地死去吧。"

后来苏言和沈婧又说了些什么，他自己也忘了，甚至忘了自己是怎么睡着的。等他醒来的时候，天色已经大亮，沈婧不知道去哪里了。他只是看到面前的柜子上仍然摆放着那个锦盒，里面是那只最罕见的桂花杯。

七

几天后，苏言打沈婧的电话号码，已经停机了。从此以后，在各种拍卖会上，苏言也没有再见到她，沈婧就这样从苏言的世界里消失了。

苏言后来有一次去时光的拍卖公司提货，顺便到他的办公室里坐了一会儿，看到时光的办公桌上，放着那套"康熙五彩十二月花神杯"的照片。

"这件拍品对你很重要么？"苏言问时光。

"是的，它会让我想起一个人和一段岁月，那是十分美好和值得怀念的。"

可是这段岁月的真相，真的那么美好么？苏言在心里问自己。他的眼前又浮现出那天在酒店外，沈婧扬起头，漆黑的眼眸闪闪发亮，伸出一双纤手去接天上飘下的雪花时的情景。

※ 佛　缘

桌案上供着的鎏金佛像面目端庄慈祥，古老熏炉里弥漫出的香雾藏着百年谜梦。"想不到吧，它在这里——"她扬起下巴，莞尔一笑，明眸朱唇，清丽动人，像一朵正待坠落的樱花被风卷进空旷的街巷。

一

"One million！竞价已经超过一百万美金了，我们还要不要？"

旁边的伙伴使劲推了推许言的肩膀，让他从迷思中苏醒过来，恍然回到现实。这是纽约某拍卖厅里的东南亚艺术专场拍卖，人潮涌动，气氛热烈。正在进行的是一尊十五世纪丹萨替佛像的拍卖，引来场上的激烈竞争。

丹萨替，西藏最神秘之寺。十四、十五世纪鼎盛之时，该寺集信众之力建造了一座镶嵌数千精美绝伦佛教造像的灵塔，其气势之壮丽华美，仿佛人间佛国，冠绝天下，倾倒众生。谁曾想到，二十世纪六十年代突降的政治运动，佛国世界也不能幸免。这座隐藏在边陲的寺庙被彻底毁坏，所有堪称无价之宝的神秘造像，仿佛一夜之间从人们的视线中消失。

近年来，早年偶尔零散海外的丹萨替佛像，陆续出现在国际拍卖会上，成为国际公私博物馆及收藏家所疯狂追求的对象，创造了无数文物交易的天价。

拍卖场举牌的竞拍者此起彼伏，许言坐在他们中间，呆愣愣地注视着投影屏幕上那尊佛像的照片和旁边不断变动的竞价数字，心中浮现出她的影子。

"许言，你也在这里啊？"一个衣着华丽的中年女人不知何时挤过来，在他身边俯下身来。"这尊佛像怎么这么面熟？我记得以前是摆在你和小珺家的客厅里啊，朋友们每次去你们家都能看到。小珺她好吗？多年没见，你们把这尊佛像拿来送拍了？多可惜啊！"

原来是多年不见的行内朋友，一位精明能干的女士，旅居纽约的华人古董专家，恰好也来参加这场拍卖。

他的嘴角掠过一丝苦笑。"小珺，她还好吗？"这也是他想知道的答案。如今，那座神秘的丹萨替佛像已经现身，而她，又在何方？

二

十五年前，去欧洲留学的他端坐在波音747客机上倍感孤单。庞大的机体穿过厚重的夹雨云层，俯身向慕尼黑机场降落。十一月的冷雨，将大地涂得一片阴沉，从抵达异乡的那一刻起，他已经开始思念自己的母亲。

小珺就在那时候出现了。他记得她婀娜娇小的身体却背着一件巨大的双肩包，清丽的面容上洋溢着乐观迷人的笑容。他与她在等待行李的过程中相识。缘分真是奇妙，他们不仅同样是初到异乡的留学生，在国内还是老乡，家乡方言让他们几分钟就拉近了彼此的距离。

她在慕尼黑的一家艺术学院读书，而他攻读建筑，在度过了最初半年紧张的学习适应阶段之后，他们开始有时间经常在一起了。

巴伐利亚的秋天美丽动人。他们走在慕尼黑这座古老的城市里，金色的枫叶和高大的橡树，掩映着一座座外表沧桑的教堂和博物馆。他们经常在午后从卡尔斯门（Karlstor）信步穿过步行街考芬格大街（Kaufingerstrasse），又走到市中心的玛林广场（Marienplatz），沿途的风景唤醒他无数的回忆。

那一天他永远记得。还有一个多月就到圣诞节了，市政厅前面正在用吊车摆放圣诞树，大楼上面著名的玩偶报时钟敲响了，玩偶们欢快的舞蹈引来路人纷纷停下脚步仰望。他们伫立在人群中，周围苍茫，钟声敲响，正好是她二十岁生日。她躲闪路边的行人却躲进他的怀里，他吻了她，在广场上，四周是路人们和善而羡慕的目光。

三

他们后来一起住在当地一对艺术家夫妇的家里，那是一座百年老宅。主人上了岁数，为人和善，与他们相处融洽。他们因为共同对艺术品的兴趣，在求学之余做起在欧洲搜购转手中国文物的生意。

那尊丹萨替佛像的获得也是出于偶然，那是命运馈赠给他们的礼物。

他们经常逛旧书店，这座古老的城市中心有很多幽僻的小巷，其中一家很有名的书店就坐落在一座古老教堂后面的小巷里。推开沉重的木门，书店里散发着拜仁州古老的气息，高大的书架已经有百年历史，墙上到处悬挂着一些被装框售卖的古老书籍插图。

书店的老板是一位严谨又慈祥的德国老太太，头发灰白，身材高胖。她与他们渐渐熟识之后，知道他们喜欢搜集东方古代艺术品，告诉他们自己有一尊很漂亮的佛像。几十年来一直摆放在书店后面的一个仓库里，同时给他看了那尊佛像的照片。

他们欣喜若狂，经过反复请求，老太太终于答应可以转让给他们。

佛像放在屋子正中一个欧洲式样的核桃木箱里，他们小心地取出了那尊金光闪闪的佛像。从样式上看，那应当是一尊造型优美的金刚亥母立像。在藏传佛教噶举派中，金刚亥母被认为是女性本尊之首，著名的玛尔巴、米拉日巴、冈波巴等诸位大成就者均依止她为本尊。通过照片上造像莲座底部突出的支点可以验证，这尊铜鎏金金刚亥母立像应是灵塔上层莲座边沿竖立的造像。

丹萨替佛像崇高而优美的艺术气息让他们倾倒，他们当即出资请回这座佛像。由于书店老板不懂行，又对他们抱有好感，价钱便宜得难以想象。当天晚上，他们坐在慕尼黑美术馆门外的台阶上，抱着佛像开香槟庆祝，又唱又跳。从此开始深信，任何一件古董的获取，从来都是物在选择人，而不是人在选择物，人与物之间的缘分，仿佛前世已经注定。

四

在他们同居求学的岁月里，那尊佛像始终陪伴着他们，有时候旅游也带在身边。假期里，他们一起开车走过德国的"浪漫之路"，穿过巴伐利亚森林、第一座德国国家公园和多瑙河、美因河及其支流的河谷地带。

那时佛像就安放在后驾驶座上，与他们一起沿着A7号高速公路，在巨大森林树木透出的缝隙阳光里，时不时与遥远的阿尔卑斯山脉远远对话。

十五年前，爱情是那样甜蜜，沿途所有的风景，都深深铭刻着青春的记忆。

在他们攀登新天鹅堡时，佛像就在他们随身的背包里。他们坐着马车上山，笨重的车辆让两匹高大的骏马也累得抬不起脚步，身上蒸发的热气笼罩在他们周围。

山道寒冷，他们只有一条毛毯，共搭在膝盖上。他们紧紧拥抱着，互相讲述着自己的童年生活。她那慈祥而又唠叨的外婆，教给她很多人生最简单质朴的道理。他那职业是学校图书室管理员的母亲，在他父亲早逝后，为他守寡近二十年，每星期都会做几次他最爱吃的洋葱番茄炒蛋，那是他在异乡最难忘记的味道。

他们也曾在丁克尔斯比尔（Dinkelsbühl）居住过一段时间，那是座田园风光十足的小城。城墙外小桥流水，古藤野鸭，沿着城墙漫步，可以看到城墙上一个又一个圆圆尖尖的高塔。喜欢做西餐的他常常自己动手准备一顿地方风味的美味晚餐——法兰克烤肠、熏猪前腿肉和特酿啤酒。

那一天餐后他们站在河边，远望对面的城堡。

"世间古董的种类那么多，你为什么最喜欢佛像？"他问她。

"因为佛像能给我安静的感觉，当我面对一尊精美的古代造像的时候，我的心能够马上平静下来。"

"其实不需要佛像来定心吧，在欧洲，很多人生活得快乐而宁静。"

"佛像有另外的意义，"她说，"佛能给你智慧。"

"这个智慧能使你看到未来吗？"

"也许能，也许不能。"

许言常常觉得，他们的未来还很迷茫，在一段又一段精彩的风景里，你永远不知道哪一段将是最美的，也许最美的总在前方。

前面的河水波平浪静。

"我还记得你游泳游得很快，"他笑着对她说，"我们曾经在慕尼黑'驴粪'堡旁边那条河里比赛游泳。那一年，你还记得吗？从对岸游过来的，我拼命游也追不上你。"

"是吗？现在呢？你有进步了吗？"她朝他略带讥诮地眨了眨眼睛。

他看着这冰冷的河水和阴阴的天气，摇了摇头。

想不到就在这一瞬间，她突然"扑通"一声跳下河去。他惊叫了一声，却见她已经迅速调整了姿势，快速地向对岸游去。冰冷的河水向两边分开，她像一只无比适应水温的水鸟，在他的视线里越游越远。

他撇了撇嘴，挂起无奈的笑容。

她从来都是个性情中人，想到就做，没有顾忌，而他从来不是。

五

甜蜜的初恋永远只停留在青春的岁月里，吉祥的佛像却没有带给他们顺利的爱情结局。那时候他们相遇得太早，就像最初的探险者走进开满鲜花的树林，采到第一束花就觉得美丽无比，但是不久之后，又看到前面鲜花盛开，最终一路寻找，穿过树林时却留下了两手空空的遗憾。

三年的留学生活将近结束，他们面临着人生去向的选择。虽然彼此的感情渐渐出现裂痕，但最终的导火索却是他面对利益的贪婪。

那年冬天，他们旅行到达了维尔茨堡（Würzburg），浪漫之路的起点。这座融合文化、艺术和弗兰肯葡萄酒的古城充满着浪漫的艺术气息。在气势磅礴的"玛利亚山要塞"上俯瞰维尔茨堡，城市由郁郁葱葱的葡萄园包围，秀丽的莱茵河贯穿其中，成片的红色"盒子房"中镶嵌着几座尖顶的哥特式教堂，整座城市的建筑风格充满着巴洛克时期的色彩。

他们一起游览了古代的街道。夜色降临，对面的城堡里灯光闪烁，她觉得他的眼睛里闪动着什么，欲语还休。

"这里有一家德国人开的专营亚洲文物的古玩店，非常有名。店主是我的朋友，他听说我们有一尊特别好的佛像，一直想看一看，我们就去看一看吧。"他对她说。

"什么？你想把佛像卖了？不是说好了永远不卖吗？那是我们两个人永远的收藏纪念！"

"可是你也知道我们现在的经济出现问题，马上要毕业了，我们要找工作，要买房，总不能永远住在别人家里。"

"经济有问题我们可以想其它办法，为什么一定要卖那尊佛像呢？你知道那尊佛像载着我们多少回忆？你——是不是——不爱我了？"

"我只是去估估价，不卖，不卖。"他敷衍着她。

那家古董店坐落在市区中心的教堂后面。令他们大为意外的是，店面里的亚洲古董已经全部消失不见，变成了一家西洋钟表店。

"如今经营亚洲古董太困难，很难找到东西。"店主说，"德国人到了这一代，喜欢亚洲古董的人已经愈来愈少，相反每到拍卖季节，大批中国古董商就会涌到德国来，在各种有中国文物的拍卖会上像掠夺一样拼命地竞价，好的古董都被他们买走了。现在我手头只要一有中国古董，很多中国古董商马上就会闻风而至，绝对不担心卖不掉，只是找不到东西。"

当这位店主看到那尊佛像的时候，惊讶得两眼放出光来。

"啊，这么漂亮的东方佛像，你们是怎么找到的？卖给我吧，我的客人非常喜欢这类艺术品，卖给我，怎么样？我可以付给你们二十万欧元，怎么样？二十万！"

二十万欧元，这不是一个小数目，他们一年的开销不过两三万欧元。

他很激动，刚要开口，她却一把抢回那个佛像，坚决地说："不，我们只是给您看看，这是我们的收藏品，我们不想出让！"

六

数日后的晚上，他们到了柏林。

冬天的柏林比起德国南部的那些城市来格外寒冷。他们开着车经过音乐厅和博物馆岛，那是爱乐乐团多次举办音乐会的地方，也是他们曾经背着背包，一起去看丢勒和伦勃朗的地方。若是夏天，傍晚的广场上总是有很多年轻人活动的身影，而在这样的季节却显得那么冷寂。

他们来到勃兰登堡门附近的一家小酒店住下，准备第二天早上开始去找工作，以应付即将来临的毕业后的生活。

吃晚饭的时候，她问他："如果那个古董商仍然追着你买那尊佛像，你准备怎么办？"

"我也不知道，其实那真的是个好价钱。"他有点闪烁其词，引起了她的怀疑。

晚饭后他回房间休息了，她回到车上取行李。打开车的后备厢，除了拿行李之外，她还从一堆杂物里翻出一件普通的工具箱，这些天来，一直放在车上，没有人动过。

那尊佛像，本来应该就藏在这件工具箱里。

令她奇怪的是，她把这件工具箱拎在手里，缓缓走进酒店的时候，却觉得工具箱和以往的份量有些不同，虽然同样沉甸甸的。

当她见到他的时候，脸色已经变了。她突然把工具箱扔在他面前的地板上，箱子被震开，里面不再是佛像，而是满满一堆欧元现金。

"你背着我把佛像卖了！"

"小珺，你听我说，我们真的需要钱。"

"我们是需要钱，可是，你已经不需要我了！"

当小珺流着眼泪愤然离开的时候，他突然开始后悔了，可是已经无法挽回。

世间美好的事物，比如爱情或珍贵古董，往往都容易破碎，也容易丧失。就如神秘的丹萨替寺一样，所有辉煌一旦过去，那惊世的美丽只有偶尔从零星流传存世的佛像中去体味了。

七

小珺与许言分手后，留在了慕尼黑，毕业后找到一家画廊工作。许言搬出了那对慕尼黑艺术家夫妇的家，独自回到国内。先是在一家建筑设计院工作，工作之余酷爱古董收藏，结识了不少藏友。五年之后，他辞去工作，成为一名职业古董商。

他经营过各类古董——瓷器、玉器、家具、书画、佛像，最初在花鸟市场摆小摊，后来去古玩城开店，再后来开了自己的古玩艺术品投资公司。生意可以说是逐步做大，可是说来奇怪，做别的都赔钱，只有经营佛像古董，获利丰厚。

也可说是与佛有因，与佛有缘。

说起来佛教造像最早出现在公元前一世纪到公元一、二世纪间。南北朝至唐代，中国的佛教造像艺术达到了巅峰。历代流传下来的各类佛像，在材质上多种多样，其中又以金铜佛、石佛最受后人珍视。明清以前的石佛像艺术价值最高，但因存世量稀少，在市场上已属罕见。佛像市场上，藏传佛像的收藏远好于汉传佛像。海内外藏家则十分重视明清宫廷造像，于是明清的金铜佛像也就构成了中国佛像投资市场的主体。

收藏日久，许言也总结了一些投资经验。比如在藏传佛像中，忿怒相的价格一般高于同类型"寂静相"的价格。用佛教术语来说，佛教以因果来分有显、密二宗。显宗佛像一般呈慈悲和善之态，故可称此类佛像为"寂静相"。密宗佛像也有大量的"寂静相"存在，但更多的是狰狞恐怖、鼓目圆睁的"忿怒相"造像。"忿怒相"佛像造型奇特复杂，存世的数量比"寂静相"少得多，价位也就相对要高。还有一种造像，善、恶两种表情兼而有之，其市场价格就更高了。

又比如，许言发现，藏传佛像中，"菩萨装"藏传佛像的价格一般要高于同类型"佛装"的藏传佛像。由于"菩萨装"的佛像纹饰复杂对工艺要求更高，于是更增加了此类佛像的市场价值。

随着认识的不断深入，他对当年卖掉那尊罕见的丹萨替造像，愈来愈后悔不已。

同样，虽然获利颇丰，生活宽裕，但在他的心中，却始终挥不去她的影子。当年的短视与贪欲，以及对掌握之中的幸福不珍惜，让他失去了那样一位聪明漂亮的好姑娘，也许这正是佛祖对他的惩罚。

这些年来，他给小珺发过不少电子邮件，没有被退信，可也没得到过回复。他找过她在中国的家，她的父母显然对他不太友善，保持着距离。只告诉他，小珺已经在欧洲定居，很少回国，也不肯告知她的联系方式。

八

终于有一年，他因为生意的原因，去了德国。找到慕尼黑那家画廊，知道小珺早已离开。据说也是去做古董生意，至于去了哪里，没有人说得清楚。

这一次，他在德国独自旅行，到达了浪漫之路上的罗腾堡（Rothenburg），这是陶伯河上游一座田园诗般的桁架建筑城，是德国历史悠久的贸易古城，全城的房子均以红色为顶，故称"陶伯河上的红色城堡"。攀上六米高的古城墙，城墙外恬静的田园风光和城墙内的红色屋脊相映成画。

他走进普伦莱茵广场，这里是小镇的精华。洋娃娃商店、玩具博物馆等林立其中，每一件小生活用品都被设计成童话世界的模样，处处透露着浪漫的气息。十年前，他和小珺也曾穿梭其间，仿佛童话中的主人翁。

曾经，他们一起随意走进一家卖小古董和旅游纪念品的商店，她一眼看到一个画花卉图案的纸质八音盒。这次，他独自一人走进这家店，又看到了一模一样的八音盒。

十年过去了，同样的商品，图案竟然没有改变。他忍不住拿起一个，上了发条，舒缓的音乐，让人有时光倒流之感。

他回忆起十年前，就在他们从这家小店刚刚出门的时候，店铺的主人满面怒容地追了出来。

"我的店里突然少了一个八音盒，先生，我需要检查一下你的背包！"店主用德语气势汹汹地说着。

太荒唐，他们虽然不富裕，却也不至于要偷一个廉价的八音盒！他坦然地让老板搜身，确实没有八音盒，但老板显然对这个身材高大的中国人非常怀疑，绝不肯善罢甘休。

"算了！"她走上前来，"我给你两个八音盒的钱，你让我拿走一个八音盒，这样可以了吧！"

她用她的办法，迅速解决了这件事情，把那个八音盒送给了他。

十年后的这天，他回到这家店，又买了一个八音盒。十年前你送我一个，十年后我还你一个，这就是佛教里所说的业和果吧。

可是，十年前在一起时，他们的内心是快乐而充实的。如今，依旧单身的他，又如何让自己的心不再感到孤单？

或者正如佛所说：每一颗心生来就是孤单而残缺的，多数带着这种残缺度过一生，只因与能使它圆满的另一半相遇时，不是疏忽错过就是已失去拥有它的资格。

九

如果说，单身是对浪费爱情的人的惩罚，那么这惩罚对他来说，也持续了太久。数年过去，这一年开春，他收到从美国寄来的某拍卖行佛像专场拍卖图录，惊得忍不住叫了出来。

封面那尊优美绝伦的造像，正是他和小珺十余年前，手挽着手，在慕尼黑旧书店里收获的那尊十五世纪丹萨替造像！

再次与佛像对视的那一瞬间，他的泪水忍不住夺眶而出。他在心里暗自发誓，一定要去纽约，竞投到这尊与自己生命有特殊缘分的丹萨替造像，一定要在有生之年找到小珺，把这座佛像送还给她，请求她和佛祖对他的宽恕。

其实，他不知道，就在此时此刻，在欧洲某国的某一个庄园里，也有一个人，坐在花园里翻看着同一本图录。面前的泳池碧波荡漾，几个小女孩正在嬉戏，而她面对着这本拍卖图录，却不时发着呆。

图录封面上的这尊佛像对她来说，有着那么重要的意义。这些年来，她虽然通过自己的奋斗，取得了了不起的成就。可是内心深处，却始终有一片柔软的存在，留给了二十岁的青春记忆。

在慕尼黑那座古老的城市里，在金色的枫叶和高大的橡树下，曾经有那样一个人，高大的身躯为她挡住风寒，坚强的臂膀挽住她青春的跳跃，他们一起度过了最美好的时光。从不孤独，从不悲伤。那一天她永远记得，在市中心的玛林广场，市政厅大楼上面著名的玩偶报时钟敲响了，玩偶们欢快的舞蹈引来路人纷纷停下脚步仰望。他们伫立在人群中，周围苍茫，钟声敲响，正好是她二十岁生日。

那时她假装躲闪路边的行人，却躲进他的怀里，他吻了她，在广场上，四周是路人们和善而羡慕的目光。

<h2 style="text-align:center">十</h2>

"One million！竞价已经超过一百万美金了，我们还要不要？"

"拼了！"他暗下决心，当叫价到达一百二十万美金的时候，他举起了双手。

"啊呀！"旁边的中年女人——他和小珺的那个老朋友惊叫出来，"你怎么也在举啊，那尊佛像不是你的吗？"

他已经无暇理会她，不停地举手，姿势坚决，一定要争到这尊佛像。

想不到，强中还有强中手，坐在拍卖场右后方的一个美国人也在出价。同时，委托席上的一个电话委托出价也很坚持，三个人开始激烈竞争。

"一百五十万，两百万，两百五十万，三百万。"

拍卖场上炸开了锅，人们兴奋不已，有人开始打起呼哨。三百万美金，近两千万人民币的价格，这简直是天价了！就算这尊造像非常精美，显然已经超过了行家们的心理预期很多，不知道这几个人为什么对这座佛像势在必得！

许言激动得热泪盈眶，还想举，却被身边的伙伴强拉下来："不能举，不能举了，再举就三千万人民币了，你哪里有这么多现金啊？"

"不成，我势在必得！"

"你势在必得我也不答应啊！别忘了，咱俩可是古玩公司的两个股东。共同合作，共同决策。你还欠我一千多万呢，你要非买不可，先把钱还我！"

许言犹豫了。就在这时，电话委托和场内的美国人展开了最后的竞标，美国人又出了两口价，终于也挺不住了。三百五十万，电话委托投得，场上爆发出持续的掌声。美国人站起身来，有些丧失理智地骂了句"SHIT"，悻悻地离场而去。许言则坐在位置上，呆呆地不知所措。

拍卖结束，本届纽约东亚佛像艺术专场取得巨大成功，很多佛像价格刷新了纪录，人们兴冲冲地议论着三五成群地离场而去。

十一

"请问你是许言先生吗？"

许言走到门口的时候，突然听到有人用不流利的中文在叫他。回头一看，居然是刚才委托席上拿着电话竞投那尊丹萨替佛像的拍卖行工作人员，一个二十多岁的金发年轻女人。

"您怎么认识我？什么事情？"

"对不起，是这样，刚才委托我竞拍这件丹萨替佛像的竞买人，他就在门外。他刚才是站在场外通过电话委托我们出价的，他也看到你在出价。所以，他想邀请你，和你谈一谈。"

"谈谈？我又不认识他，有什么可谈的？莫非，是他当时不理智买贵了，现在有点后悔，想问问我能不能要？"

许言心中重新燃起希望，好吧，谈就谈吧，人在哪里？

拍卖行工作人员递给他一张名片，他拿到手里一看，浑身震动起来，名片上只有一个他念念不忘的名字——

"JUN"。

十二

佛祖相信因缘。人，因缘而聚，因缘而散。缘有今生，有前生，亦有来生。

所以说，世间所有的相遇，都是久别重逢。

时隔十五年，许言又回到了慕尼黑的广场上。这时候已经是夏天，阳光明媚，广场上挤满了游客和玩耍的儿童。

他走到市政厅大楼的报时钟下，看一看表，来早了。距离约会的时间还有十多分钟，报时钟还没有响。

他手里握着一张名片，深深地呼吸，等候着那即将久别重逢的人的到来。同时幻想着，那尊优美的丹萨替佛像，此时正被安放在一张黄花梨供桌上，古老熏炉里弥漫出的香雾藏着两个人青春的记忆。

"想不到吧，它在这里——"佛像旁边的女人也许会这样说。他曾经错过又朝思暮想的人，他愿意用自己的余生去赎罪，补偿曾给她造成的遗憾和伤痛。

明眸朱唇，莞尔一笑，许言觉得，有一种女人，是可以战胜时间的，岁月从不曾在她们的脸上留下任何痕迹。

小珺，就是这样的女人。

※　色　相

门童含着笑意的眼神里，藏着一道让她熟悉的风景。每个人心中都有一道记忆中的风景。风景也有色相高低之分，通常那些深山大川中自然的风景总是最让人难忘。然而有些城市的风景，却因为一些故事，永远成为当事人心中最美的回忆。

一

港岛知名的C拍卖行换了一个门童，惊艳。

以前那位和蔼、有绅士风度的白胡子英国老爷退休了，换上一位有欧洲和亚洲混血的华裔英俊男生。略微冷峻的面孔，深棕色的眼睛，硬挺的鼻梁，打扮永远干干净净。无论天气如何，总是挺拔地站在楼下马路边，礼貌地为到访的富商和阔太太们开门、打伞、叫车，嘴角有一点点微笑，但不多。

梁太太特别喜欢他。

她年过五旬，脂粉略浓，身材微丰，标识性的穿着是与上身宽胖不相称的细腿裹着黑丝袜和F品牌的艳丽鞋子。她是中国瓷器的资深收藏家，也是C拍卖行的常客。但是，她不喜欢每次接待她的拍卖行瓷器业务主管。她讨厌他的黑眼镜框和虚伪谄媚的表情，尽管他学者气十足、知识丰富且具有超常的鉴定真伪的能力，可是她甚至连和他喝一杯咖啡的耐心都没有。

但这个门童就两样，青春洋溢真诚可爱，虽然微笑不多，却让她感觉港岛的天气为之舒适，礼貌柔和的英语问候使门前不利泊车的弯道也充满人情味，她开始想尽办法与他搭话：

"呢個停车场有冇位呀？"（停车场还有空位吗？）

"我個表慢咗几個字，而家几點啊？"（我的表走得慢，现在是几点了？）

"仲有冇下午茶餐呀？"（你们这提供下午茶吗？）

她总要想尽办法让他多为她服务一些。

二

有一次拍卖预展，那位瓷器业务主管正忙着陪另一位重要的客人，她非让他陪着看那些待拍的瓷器。

年轻的门童有些局促不安，因为大客户的执意要求不得已擅离岗位几分钟。玻璃展柜里冷峻的灯光照射着那些精美、昂贵、热情绚丽又脆弱易碎的官窑瓷器，其实历年来也无非青花、色釉、彩瓷几种。青花瓷称作"BLUE AND WHITE"，在白而坚实的瓷性胎体上绘出幽雅宁静的蓝色图案。色釉瓷则以造型配合釉色，美丽动人，有浓丽的宝石红、柠檬黄，也有柔雅的粉青、湖绿，更有深沉的宝石蓝、茶叶末。彩瓷最绚丽丰富，其中五彩感觉质硬，古朴厚重，粉彩感觉质软，细腻雍容，斗彩介于其间，清雅又不失妩媚。

对这些瓷器，梁太太像熟悉自己的女儿一样熟悉它们。

"你来咗哽耐，都睇得唔少，不如讲下，有冇边件钟意嘅瓷器？"（你瓷器看得也不少，这里面，最钟意哪件瓷器呀？）梁太太看似闲意，出题考问门童。

门童犹豫了一下，很大胆地指着展柜里一只玲珑盈握的小碗："钟意哩只，胭脂红色的小碗。"

"啊！"梁太太心里一动，这靓仔很有悟性，大清雍正年间烧造的胭脂红釉瓷碗，正是世界上几乎所有资深瓷器行家的最爱之一。

中国瓷器作为古董艺术品市场上的高价品种之一，重要原因往往不是陶瓷史学者们常讨论的一些早期创烧品种的年代久远，或外销品种的历史地位，而是源于中国陶瓷本身的精致完美漂亮，简称"色相"。色相好的，价格卖得就高。因此，被很多审美者贬斥为"俗艳"的清代瓷器，近百年来屡创天价售卖的纪录，而清瓷之中尤以清新淡雅著称的雍正瓷器，其色相集雅俗共赏之姿，价格更是连年翻升。

雍正御窑所制胭脂红小盏，其形小巧可爱，其色宛若女子唇颊上的胭脂。据说釉料配方中还含有黄金这样名贵的材料作为呈色剂，在炉内经八百度高温烧烤而成，在西方又被称为"蔷薇红"、"玫瑰红"，其色相突出，完整器价值极高。

"你都哽钟意，我就标哩一只！"（连你都喜欢，那我就要这只了！）梁太太爽朗的声音惊动了旁边不少观众。其实，本来没有门童的推荐她也早看上这只官窑碗了。只是这一声出口，旁边有认识的古董商知道她想买，价格不知又会被哄抬到多少。

旁边的业务主管听到这声音，马上凑上前来，门童羞涩地闪了出去。

三

拍卖的时候，梁太太早早就到了，让正在拍卖场门口维持秩序的门童帮她拎包，自己拿着号牌，坐等着拍卖师从图录上最初一件瓷器开始逐一拍卖。直到图录号靠后的那只胭脂红小碗被拍到，还时不时回头望望门童，肥胖的脸颊上笑意盈盈。

他礼貌地回报她以微笑，笑容有些尴尬，目光却总飘向另一个方向。

其实，门童一直在关注着另一个坐在前排的女人，和郭先生坐在一起的当然是郭太太。

郭太太很年轻，有人猜测比郭先生年轻二十岁以上，短发、简素黑衣，打扮中性，但面貌清丽，目光明澈，神情淡定。郭先生喜欢瓷器不过近三五年的事情，却已经建立起有相当专业水准的私人收藏，据说都是郭太太之功。

这也难怪，郭太太出身港岛名门，其父是从上海移民至港的富商。早年经营出色，亦涉足古董收藏，经常带子女去荷里活道各古玩商铺中饮茶聊天，港岛古玩商无人不识。后父亲去世，家道衰落，收藏散尽，如今嫁入豪门郭家，重拾旧好，颇胜乃父当日。

郭太太第一次见到门童时，并没有多看一眼，只是在他为她推门两人身形相近的那一刻，他低低的声音在说："Annie，You haven't changed at all（安妮，你一点都没有变）——"

这一句让她一愣，她回头终于看清了他，心头一惊。

郭太太记忆最深的是伦敦城市的风景。

她以前叫作安妮的时候，在英国读了一年书，看尽了伦敦四季的风景。她最喜欢伦敦的那些公园，尤其是格林公园（GREEN PARK）的秋天。碧蓝的天空里白云缥缈，去树丛间寻找松鼠是她最大的乐趣。在那里，一个混血的华裔男同学经常陪着她，为她拍了很多照片。那时她长发飘飘，只是一个喜欢撒娇耍赖的小女孩，而他，也不是今日默默伫立在门口接过她潮湿雨伞的门童。

那一年，他们的相识仿佛一场完美的邂逅，从课堂上的目光相接，到假日里的结伴同游。他们常去考文特花园（COVENT GARDEN）的小酒吧，只要它开着门，一定还在播夜半行军乐团（Orchestral Manoeuvres In The Dark）的圣女贞德（Joan of Arc）。某一次，他们偶然路过，就听到了，像是穿过岁月的因缘之手，浮生如此，譬如朝露。

那一年，她的父亲还健在，生意还好，常常从香港飞去看她，带她喝英式下午茶，逛教堂街和南肯辛顿街的古玩店。大大小小的店铺里，各种美丽的中国瓷器，青花、色釉、粉彩，在洋人和华人不同手掌的触摸中，在伦敦城夕阳的余晖中闪光。

那时他常跟在他们后面。

时光变化之快，短短几年，沧海桑田。

四

再陪伴她看瓷器时，她已是郭太太。

"最钟意就系哩只雍正官窑胭脂红釉小碗"，郭太太在看预展的时候对他说，"就惊买吾到，我先生吾系好钟意，比嘅预算吾多，近排由大陆来嘅藏家买嘢好冲动，你睇，好多大陆人睇紧哩只碗。"（我最钟意的就是这只雍正官窑胭脂红釉小碗，就怕买不到，我先生也好钟意，最近大陆买家都很冲动，你看，好多人盯着这只碗呢。）

色相有明暗之分。有些瓷器的色相在暗，表面上不容易吸引人，只有通晓瓷器知识的行家了解它的珍罕，这种瓷器在拍卖时不一定引起激烈竞争，往往一两拍就下槌了。然而，这只雍正胭脂红釉碗显然色相在明，不仅珍贵，而且华美。每天涌动在玻璃展柜前的，是一双双欲望显露的目光。

郭太太叹了口气，她觉得能竞拍到这件碗的机会寥寥无几。

拍卖场上，终于拍到这只碗。果然，从拍卖师刚报出起拍价，就有很多人出价，场面竞争十分激烈。郭太太只举了一两次手就放下了，站在拍场后面的两个大陆买家显然早有准备，志在必得，根本不计算港币和人民币的差价，也不管竞价阶梯，一直你来我往地争夺着，直到只剩下其中的一个。

"The Last Price（最后竞价）——"当已经无人再和这位大陆买家竞争时，拍卖师喊出了落槌前的最后一句话，同时用眼角余光迅速地瞟了一眼场内，准备落槌了。门童下意识地看了一眼梁太太，恰恰在那时，梁太太从人群中突然高高举起手来——她威武地向全场示威着——我要这件！

拍卖师迅速捕捉到了她的身影和手势，马上又加了一口价。

场内一阵哗然，没有人意料到在这个价位还会杀出一匹黑马。坚持到最后的大陆买家一愣，信心稍微有些动摇。结果"啪"的一声，一槌敲下——资深藏家毕竟是资深藏家，对时机的把握非常老道，雄厚的财力也不可小觑。梁太太用她的决心和耐心，轻松拿下了这只雍正官窑胭脂红釉小碗。

高价成交，场内照例掌声响起。梁太太骄傲地扬起头，回望了一眼门童，尽情地向他展示着自己的得意。

坐在她前面的郭太太随即起身，挽着郭先生离场。经过门童身边的时候，好像稍稍放慢了脚步，忧郁地看了他一眼。

她似乎又看到了伦敦公园秋天里那些渐渐红去的树叶，在记忆里逐渐飘远。

五

　　几年之后，门童辞去了工作，在港岛某酒店内开了家古董店，凭借着他讨人喜欢的面容气质，以及在拍卖行时期结下的人脉，在买家卖家之间穿梭搭桥，生意兴隆。

　　据说，他主要的金主就是梁太太。梁太太老了，爱惜面容很少出门，他帮她继续着买进卖出的收藏事业，渐渐也成为圈内一位知名的古董商人。

　　有一天，郭太太约了女朋友在酒店喝咖啡，无意间光顾了这家古董店。也许是店面的设计风格让她想起了伦敦的老古玩商，那些在她青春记忆里守候在教堂街夕阳里的灵魂。

　　更没有想到，她推门就看到了那只雍正官窑胭脂红釉小碗，放在店中一个单独的玻璃展柜里。四面射灯照着，釉色像极了一位美丽女子的嘴唇，不知道在等待着谁的轻吻？

第二折

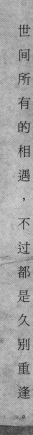

世间所有的相遇，不过都是久别重逢。

熏一阁一音一壶
香猫观烟

沉香，自古可以安神，可疗心伤。

每当她独自一人，总是在静室为他起一炉沉香。氤氲香霭中，她在精神上感觉与他相会，耐心听他倾诉，沁人心脾的香和记忆中他温柔的眼神，渐渐化解开她心中的苦怨。

直至红颜渐渐老去。

一

我的工作是拍卖公司的古董鉴定专家，初次见她大概是四五年前。那天细雨洗去路上过多的行人，我去往淮海路附近一条闹中取静的马路。几十年的法国梧桐树高大笔直，黄叶飘零满地，独栋别墅的院落门口，经过私家保安的仔细盘查，一个老女仆带我走进她的客厅，说句"小姐快回来了"就消失不见，留我在宽大冷清的客厅独坐。

钢琴上摆满了女主人的照片，其中有些像舞台照，风华出众，仿佛九十年代初期的某位电影明星。墙壁上挂着名家书画，一张齐白石的贝叶草虫，一张吴湖帆的梅竹双清，都是真笔原作。

正欣赏着，突然孩子的喊叫声与狗儿的喧嚣同时出现。一个三十几岁的女人走进门来，高挑身材，浅色纱裙，波浪长发，挑眉水目，冷峻清丽，见我的第一面颇有些奇怪，头一句话是："我看你很眼熟，我们以前是不是在北京见过？"

肯定没有，若不是台湾客人的引见，我不会来到此地。看她的眼神反应，似乎不像故意的客套，也让我有些惊讶。跟在她的后面慢慢走上了阁楼，抬头纱裙摆动，脚踝白皙光洁，木楼梯轻轻作响，让我觉得若不格外小心，楼梯与柔软的她会随时一起坍塌下来。

她从卧室里拿出许多古董，要我估价。古董虽都不贵，但也非俗物。官窑的素瓷，莹润的古玉，只是这女人却不知为何对古董所知甚少，这些好东西是从何而来呢？

三三两两挑拣估价签合同，难免受了些怨气。总觉得这女人虚荣自负，明明急于将这些古董换成现金，却尽量掩饰痕迹，好像是施予恩惠，而我倒欠了她的情。明明斤斤计较总是嫌价格估低了，偏又装作处理破烂一样满不在乎，对她那种强迫症式又自我矛盾的贵族作派，我只回避装傻而已。

略带着不满意的收获，我转身下楼。路过书房门口，房门敞开着，里面的窗户也开着，窗纱拂动，我下意识地朝里瞥了一眼，却忍不住停下了脚步。

书房内对着门的窗台上，摆放着一件古董香炉，一下吸引了我的目光。坦率地说，入行以来，从未见过如此精致美丽的一件古董香炉。

说香炉，不如更准确地说应该叫熏炉，这是一件清代雍正年间宫廷造办处制作的铜香熏，属于官器，不是平民百姓所能使用的。半球型的铜铸炉体，呈现熟栗子皮一样的皮壳颜色，匀净漂亮，炉盖像一捧铺开的荷叶，叶脉部分全部镂雕，盖纽则是两只相互交吻的鸳鸯，鸳鸯的口内是空的。可以想象，当炉内燃香之后，香烟会顺着荷叶上的叶脉爬升，然后从叶脉缝隙和两只鸳鸯的口内喷吐出来，缭绕成一堂缠绵绮丽的诗情画境。

真是世间罕见的古董，总觉得我在哪里见过它，却又想不起来。

这样的熏炉，正是当今古董收藏市场上的热门货品，如果拍卖肯定有很好的市场价格。

"这熏炉，可以卖吗？市场上一定有好价钱的！"

"这个？当然不卖！这是我们家的传家宝呢！"女人惊讶于我的眼尖，似乎是有些情绪上的慌乱，有些失礼地当着我的面迅速关上了房门。

因为有生意，以后大半年间又去过两次，渐渐开始同情她了。美丽的女人大概都是如此，三十岁左右的时候，颇可以施展成熟的风情与魅力，周围聚拢各个年龄层次的男人女人，人脉广阔。尤其是从二十岁到五十岁的男人，随叫随到。到了岁数再大些，如果衰老得快了点，很多社会资源就开始指使不动了。

周围那些男人们，或已太老退出江湖，或已成长另觅新欢，比她们年轻的女人愈来愈多。现在年轻的女孩也很毒啊，目的现实，手段迅急，不可小觑。

这女人似乎衰老得比同龄人更快，也开始渐渐走入中年的瓶颈。仿佛男人不常在身边，而手中资源日渐枯竭，生活乏味，不断夸耀自己和别人去打高尔夫的事迹，而后打遍电话约人去球场却又无人理睬。已经闲得像是江南梅雨的天气长了霉，却偏偏要装作应酬不断，日理万机。

我有点不忍心不帮她，可又确实没法帮她，一次挑，两次看，所剩的古董已不多，我感觉我也不会再去她的家了。古董已尽，风情在时与我无关，不在时与我也无关。

二

若不是那时常出现在脑海里的，一缕窗纱拂动着美丽熏炉的情景，我一定已经完全把她忘记了。

没想到两年后，有一天我正在长安街上开车，竟然收到了她的短信：骨董先生，你好。我现在定居北京了，在一家公关公司工作，有机会出来见见吧。

她怎么会到北京来的？又怎么会出来工作？我随手回了个短信说：好的，有空我们再约。

以后若不是偶尔的群发短信里长长短短的节日问候和荤素笑话的

提醒，我们恐怕想不起对方来。城市太大，夜晚的马路上灯光太亮，车来车往，哪一个是她排队在环路拥挤车流里的寂寞身影。

终于有一次她再次打电话来，非常诚恳地邀请我帮她看一件古董。于是约在一天下班后，她开车来我公司楼下接我。

也许是突降的暴雨造成堵车，她来晚了。我已经等得有些不耐烦，不时在写字楼的窗户边张望。当她的白色小汽车缓缓驶到公司楼下时，我已经看到她。不等电话响起，我抓起雨伞下楼，等走到大堂门口的时候，手机响了。透过车窗看到驾驶员位置上坐着的女人在打电话，头发遮住半边面颊，她看到我的时候，我也看到了她眼角残存的美丽和填补上的岁月风霜。

"没有久等吧？"

"没有，雨这么大，很不好意思让你来接。"

她摇下车窗，我拉开副驾驶边的车门，一股淡淡的香气，从她的头发间扑来。

竟有些像沉香的气息。

我上了车，一边放伞，一边抹去发梢刚刚沾上的雨水。她淡淡微笑说，你好像一点儿没变。我也礼貌地说你也没变样，其实心里挺感慨，她老了很多，这话只能存在心里。可是眼神不会说谎，还是被她看出来。

她有些落寞，我有些尴尬。

微微叹了口气，她说，老了老了，这次是真的有事情想请教你，否则都不敢出来见你了。边说边挂档启动，我看她的手臂上有一串沉香手串，一定是那股莫名香气的来源。

我们的话题从沉香聊起，谈起它对安神养生的效用。车子绕了个圈，很快到了附近的一家茶馆，这是我选定的地方。因为离我的公司很近，路上时间短，不至于因为在车里的时间过长而陷入无话可说的尴尬。

落座之后，一时气氛有些拘谨，我从来没有想到她能打听到我新的联系方式主动约上我，我猜测肯定与那古董有关。

"我给你打电话的时候，你好像愣了很久，是不是连我的名字都忘了。"她半开玩笑地说。

"哪里哪里，我记得你，非常记得。以前在上海的时候，你给过我不少古董拍卖，对我们有很多支持，我都记得的。"我小心地客套着。

"你记得的恐怕不是我，是那件熏炉吧。"

她边说边从手袋里取出一件东西，正是那熏炉。

说实话，我对这件熏炉的记忆，虽然只是惊鸿一瞥，却仿佛比她的容貌还要记忆深刻。如今上手观看，不得不再次赞叹。

她看到我呆呆的表情，忍不住问："怎么了，东西不对吗？是赝品吗？"

"不，不，当然不是，这是真品，而且是非常罕见的精品。"

"以你多年的工作经验，应该见过不少好东西吧？"她言下之意是，这件东西难道珍贵到连你都很吃惊的程度吗？

我抬起头，看着她，与她目光相接，我考虑了一下，终于忍不住说："我惊讶的不是因为这件熏炉的精美，而是因为，这样一件造型特殊、独一无二的熏炉，我上次在你家看到时总觉得在哪里见过。后来，终于想起来了，我知道它原来是属于谁的，它绝不是你之前曾经跟我说的那样，是你家的家传宝贝！"

她愣了一下，有些发呆。我突然觉得这话说得有些不妥，人家只是请我鉴定古董，我管它这么多来源做什么，慌忙低头喝茶，想岔开话题。

"你说的没有错，这件东西是一位名人的，这个人住在北京，他以前也请你去看过这件东西，对不对？"

"是的，大概数年之前，我在那个人的家中，看到过这件东西。"

"难怪，我第一次见到你的时候，就觉得好像在北京见过你，那么你一定没有想到，他怎么会把这件东西给了我。"

那是一位在当代非常有名气的明星企业家，也是一位收藏家。我见过他的很多收藏，这件熏炉也是印象非常深刻的一件。

我们互相沉默了有几分钟，她首先说话了："人和人相遇的缘分，有时是说不清楚的。就像你不知道，那个曾经拥有这件熏炉的人是多么喜欢我，他曾经说过愿意为了我放弃一切。"

"可是据我所知，他岁数比你大很多，而且早有家室，他的夫人也是社会上的名人。"我终于忍不住刺痛她。

"是的，这就是我们的痛苦所在。这也是为什么，我们最终没有在一起，而他把这件熏炉留给我的缘故。"

三

她说，她对他是一见钟情。那时候她已经结婚，丈夫是普通小商人。她在上海某大酒店做公关经理，高挑清丽，总是穿着职业正装加黑色丝袜，衬托着一双挺直的长腿和一头如云秀发。

她擅长社交，拉关系的套路虽然没有太多特别，但温婉和气，不露痕迹，大概很对一些男领导的路子，事业发展不错。在一次她所在的酒店承办的商务论坛上，她和他认识了。她被他的风度阅历和广学博闻所倾倒，他也被她的美丽和善解人意所吸引。

她给他打电话，他马上邀请她有机会去北京参观自己的会所。那是一个宁静的夏天上午，他的会所在北京后海附近的一所四合院里。一进门，绕过影壁墙，刚刚走上正厅北屋的台阶，一股特殊的香气就冲进她的口鼻，让她觉得有些异样的眩晕。

"这是藏香，你可能不习惯，我换成沉香吧。"他笑着说。

原来那是进门案几上的一件造型优美的鸳鸯纽香炉，周围缭绕着美丽的香雾。

她在想，这样一个优雅而博学的男人，就像是一片蕴藏着千种奇香的古树林，不管捧出哪一种来，想必都是极好的。

虽然她在上海的生活小康，车房完备，过着一般白领美慕的生活，可是她的内心总是觉得压力巨大。这城市里的诱惑太多，欲望的沟壑又总是让人绝望，因此她老得太快。其实，几年前当她手拿着那些官窑瓷瓶给我看的时候，我就惊讶地发现，几百年瓷器的釉面依然光亮如新，而她才不过几年的手，已经变得青筋裸露，皮皱而无光泽，完全像是一个老人。

他的成功和富足满足了她所有的幻想，他们很快就疯狂地恋爱了。他带着她去过很多国家旅游，也带着她参加了一些比较私密的小圈子活动，让她体会到了她那个阶级完全没有机会经历的种种虚荣与浪漫。

在这些小圈子活动中，他们最喜欢的是一些茶道、香道活动，"品香会"是流行在一些大佬级收藏家圈子里的活动。所谓香道就是应用香的操作过程来训练自身肢体的柔软度，取得外在与内心的平衡，继而透过品香、闻香来修炼定静的功夫，再者利用香气来滋润人生、涵养自性，最终以香助缘，而达到明心见性，开悟与证道的作用。

他取出了那件精美的熏炉，用来操作香道。她和他一起学习着日式香道的操作，埋炭、理灰、置云母片、置香片……娴熟优雅的操作，继而试香，众人依顺时针方向品香、传香。

日本香道，在品香后一般会以书法的形式写下品香的联想或通感。以前闻的都是线香，第一次感受这种品香的方式，让她感觉非常安适惬意。

过后她给他发短信说："相识是缘，闻君如知沉香。"

他也回复她："你如沉香，加里曼丹，长我精神，禅修定静，鼻端仿佛仍有着你的甘甜凉馨。"

虽然如此，但那毕竟是不伦之恋。为了他，她险些与丈夫离婚；为了她，他甚至在一些重要场合出过丑。他们的爱才开始不久已经危机四伏，似乎注定不会受到上天的祝福。

他对她的爱，渐渐就像是北京冬天的折叠伞一样，就算总带在身上，也很少有机会能展开。

终于有一天，他问她，如果他不能要她了，她会怎么样？聪明的她以为他不过是开玩笑，没有提出一点物质上的要求，只是说，她可能会跟他要一张照片吧。

结果有一天，他跟她说，来，你来挑张照片吧。

她立刻走了，出门才哭出声来。后来她曾经想过自杀，独自去海边旅游的时候投水获救，而他那时正在遥远的城市发着烧。当得知她自杀的消息时，他披着睡衣就飞奔到火车站，迷迷糊糊地忙中出错，搭上了方向完全相反的列车。

听她讲到这里，我的眼前忍不住浮现出这样的画面：火车风驰而去，却是南辕北辙。呼呼的风无情地吹着他凌乱的头发和胡须，而她此时却在与他不断更远的地方的病床上，昏迷中喃喃自语他的名字。

最终他们不得不彻底断绝关系，他把自己最珍重的熏炉送给了她，作为永世的纪念。

从此她只有在沉香的雾霭中与他相见。

四

"那么你为什么请我来看这件熏炉呢？我相信这么珍贵的礼物你不会想卖吧，难道你只是想确定它的价值？或者，你甚至怀疑它的真假？"

我的疑问很快得到了解答，因为她的故事仍在继续。在爱情失败彻底决裂之后，她又与深爱她的丈夫恢复了关系。后来，也许是为了转移痛苦，或是化解生活的孤独寂寞，本来没有孩子的他们决定要一个孩子。

她很快就怀孕了。

那时候她的身体很差，家人本来劝她先不要着急要孩子，不知道为什么就怀上了。怀上之后，这个孩子在娘胎里就表现得特别好，没有给她制造什么痛苦，很顺利地生下来了，是个可爱的女孩。

她给我看了孩子小时候的照片，我非常惊讶。世界上竟然有这么漂亮的小女孩，长得完全不像父亲的平庸，也没有母亲那么忧郁。她的眼睛又黑又亮，每天从早到晚，只要一点小事就咯咯地笑，笑容甜美，好像一个天使降临凡间，又像是无瑕美玉落入蓝田。

如此可爱的女孩，完全改变了她的人生世界，带给她无比的幸福。她想到自己爱情的苦难，想到自己不成功的事业和平庸的婚姻，觉得女儿就是上帝赐给她的天使，带给她幸福的源泉，她决定这一生都完完全全地为她奉献。

她对女儿百般呵护，也格外苛求，既宠爱又严格约束教育。她把自己人生不完美的爱情和事业梦想，都寄托在女儿身上，希望在她的身上实现自己人生未完成的梦想。

更为神奇的是，女儿两岁时的一件事甚至改变了他们的生活。

那一天，他们夫妻两人带着女儿上街购物，路过一条他们每天经过却从来不曾走进去的小弄堂。小弄堂里有一个商店，店门口有那种投币一块钱就可以摇来摇去的电动车。女儿不知道怎么了，平时乖乖的她，哭着闹着非要进去玩那个电动车。他们拗不过，只好带她进去坐，因为没有硬币，就拿十块钱在商店找零。商店门口有个卖彩票的摊位，两人从来没买过彩票，因为等着女儿坐车无聊，手头又刚好有零钱，随便买了两注相同号码的彩票，号码数字就选了女儿的生日。

万万没想到周末开奖，他们竟中了大奖。上亿的巨额奖金拿到手的时候，他们简直懵了。看着美丽的小女儿咯咯笑的样子，她的眼泪夺眶而出。她深信，这笔财富就是女儿给他们带来的，她的全部幸福都源于这个天使的到来。

虽然她的丈夫希望拿这笔钱做更多的投资，她却坚决不同意。她要把钱全部存在女儿的名下，等她长大了由她决定这笔钱怎么花。更极端的是，家里不管添置什么东西，她都要和人家说，这东西是买给女儿的，她们家的一切都是属于女儿的。

他们确实过了一段幸福的时光，银行存款每年的利息使他们生活富足。她在上海买了一栋不错的房子，就是我曾经访问过的那栋。她甚至还在一个懂行的台湾朋友的推荐下收藏了不少书画古玩，女儿长大一点更加漂亮，上了小学也学习顺利。

有时孩子上学、老公出门工作之后，她独自在家，会悄悄拿出这件熏炉把玩。她迷上了香道，购买了各式香具，常常起一炉香来，于静室之中，呼吸着沉香袅袅，手中展一卷年轻时候最喜欢读的诗集，品读、默诵。生命的圆满，似乎已经在慢慢向她靠近。

有时她也会在报纸电视上看到那位名人的消息。他老了，憔悴了，企业也遇到一些问题。她甚至想，如果当初真的嫁了他，人生也未必会比现在更加幸福。

想不到上天无缘无故的打击，会和无缘无故的赐予一样来得猛烈。女儿在小学四年级时，某一天突然尿血。本以为是意外，却没想到连续如此。到医院检查，打击是致命的。她得了严重的肾病，命也许能保住，却只能在家休养，再也不能上学，不能过正常人的生活了。

她一开始不敢相信是真的，拼命跑各种医院，找专家，开各种偏方，见效甚微。

看着女儿依旧美丽却楚楚伤人的面庞，她多少个夜里哭醒，又多少个夜里失眠。

最终的决定是不能放弃，就算女儿不能上学，也要接受正常的教育。她决定花钱多雇佣人，另外给女儿请最好的私人教师，在家中授课，保证女儿的功课不落下。

屋漏偏逢连夜雨，她的丈夫生意失败，公司倒闭，家中又欠下了巨额债务。

钱像流水一样，逐渐消耗，她不得不想到出卖家中的珍贵古董，也就在这个时候，她通过台湾朋友的介绍认识了我。

由于家境继续败落，即使出卖古董也不能偿清债务，后来她和丈夫离了婚。为了求医方便，带着女儿来到北京，通过以前的关系找到了一家公关公司，重新出来工作。

她也想到了那件熏炉，也许有一天，她必须将它出售来维持生活，但一定不是现在。

听她讲到这里，再看这件熏炉，甚至连我都觉得它身上有种不祥的妖异气氛，让人觉得有些恐怖。

她有些凄苦地淡淡一笑，看着我说，现在你知道，我为什么要请你来看这件古董了？也许有一天，我真的要把它卖掉。

五

"那么，你准备什么时候卖掉，要早点告诉我。因为拍卖再加上回款有一个比较长的周期，一般从你送拍开始算，要半年左右，你才能拿到钱。"

我不知道还能再和她说些什么。

"再告诉你一件事吧，"她捋了捋头发，很平静地告诉我，"前些天去医院检查，我的身体恐怕也有些问题了。"

"什么？"我更为震惊，"问题不大吧，可能是你最近压力太大了。"

"说不大也是属于那种很危险的。不过没事，检查得早，是早期，医生说不会有生命危险。过些天要做个小手术，手术后可能要休养一段时间，不方便见人，所以这次想先请你来看看。"

她的淡定让我痛心。我明白，只有经历了巨大痛苦，对生命已经渐渐失去兴趣的人，在面对灾祸和疾病的时候，才能做出这种貌似事不关己的表情和姿态。

聊到此时，雨仍然很大，我主动结账请求离开。因为那天晚上，我还要赶回公司，为即将到来的拍卖做准备，加班。我跟在她的后面，脚步沉重地出了门，她开车送我回公司。

　　我至今清晰地记得，那天晚上，当车停在长安街路口等红灯的时候，我们都没有说话。只听见雨刮器在前挡风玻璃上刷刷地响着，雨水迷蒙了我的视线。忍不住悄悄通过后视镜看她，真的不敢相信，这样一个美丽、风韵犹存，姿容也很干净整洁的女人，竟然遇到了这么多生命中的难题和困苦。

　　"等到我真要卖这件熏炉的时候，我一定会亲自捧着它去找你的。"

　　"也不一定吧，如果你不方便，可以叫别人送过来，或者你给我打个电话，我亲自去取。"

　　"不！"她坚定地说，"我一定要亲自送，只要我还活着。"

　　她的眼神突然变得明亮而悠远，透过后视镜，我看见她的嘴唇有些轻微的颤抖，她最后对我说：

　　"因为这是我生命中最重要的一炉香。"

※ 猫 阁

　　我问老猫，你是不是又想起范柔丝了？我那个飘忽不定又让人难忘的师姐？老猫说是，他店里挂的那些瓷器全都是她的，青花瓷叫Blue and White，粉彩瓷叫Famille Rose，这Famille Rose念出来就是范柔丝啊。

　　当年她搜遍欧洲淘来这些几百年散落在异乡的中国瓷器，大多进了猫阁就安安稳稳地留下了。而她，却又像风一样，不知道被吹去了世界上的什么地方？

一

　　伦敦唐人街有一家中国人开的饭馆叫"猫阁"，生意火得让老外嫉妒。奇怪的是，猫阁里面没有养一只猫，四壁从天花板到地脚线却一排排挂满了中国瓷器，而且全是老瓷器！据我这个专门研究瓷器的人看，大多数是明清两代景德镇生产、销往欧洲的外销瓷盘，上面的云水楼阁、仕女动物、花卉图案无一不是古代中国的题材。

据说，老外特别喜欢这里的东方情调，中国人则仿佛在异国找到故乡。再加上这里的川菜做得特别地道，水煮鱼的麻香气隔着条街都闻得到，而且除了川菜，猫阁还做山东大包子！还做陕北凉皮！还做南方人爱吃的甜甜糯糯的麻心汤圆！还做老北京人爱吃的臊气蓬勃的卤煮火烧！中国留学生们天天往那跑，每晚顾客都要排队到打烊为止。

猫阁的老板绰号"老猫"，是我师兄，国内某大学考古系毕业。个子高大健壮，相貌端正，笑容憨厚，为人仗义，在伦敦华人圈里，人缘好得不得了。

每次我去英国，都靠他热情款待。最近他又迷上音乐剧，每晚拉我去唐人街附近的歌剧院听音乐剧。英国是音乐剧之乡，歌剧院的演出经常爆满，观众们掌声如雷，但我听不懂，经常听到一半就在宏大的音乐旋律中睡着了。

有一次，我在中场休息的时候朦胧醒来，突然发现老猫在发呆，目光忧郁，神情恍惚，这可真不多见。

二

一九九五年的秋天，老猫和范雪度过了一段难忘的岁月，范雪是她真正的名字，范柔丝则是去英国以后的化名。老猫说，那个地方至今仍然很难被一般的地图准确搜出来，那是河北省某偏僻农村的一处考古工地，当时作为考古系学生的他正和其他十几个男同学参加田野考古实习。

那天中午阳光耀眼，老猫正蹲在庄稼地里琢磨着如何发掘一座经钻探至少有十米深的古陶窑遗址。抬头见民工老乡都扛着铁锨朝一个方向张望，顺着他们的目光看去，一望无际的田野中间，一个头戴草帽，穿着短袖上衣的年轻女孩正不断拨开繁盛的玉米叶子，向这里走来。

老猫与她美丽的眼睛正好相对，不自觉地低了下去，她逆光的身影在九月的田野里是那样明亮美好，把汝窑一样雨过天青色的苍穹抛在了身后。

她介绍自己叫范雪，是刚刚从中文系转来的学生，被派到这里参加实习。她温暖大方的笑容和明亮的眼睛，马上赢得了考古队寂寞男生的亲近。每个人都过去和她打招呼，只有老猫没动窝，他在地下两米的灰坑里，不容易爬上来。可是范雪偏偏走到老猫正在发掘的考古探方边，好奇地朝下面张望，表示想下去看看。由于探方有点深，老猫只好伸出手来拉她，她有些羞涩地拉住他的手，然后不怎么灵活地跳了下去。

没想到风竟在此时吹落了她戴的草帽，同学们一阵大哗，哎呀，谁曾想到，这样清秀美丽的女孩竟然是个光头！两个耳垂上还挂着耳环！

她是出家人吗？男同学们纷纷背后议论。

后来范雪当众和大家解释，她是故意刚刚剃了光头，这是为了纪念她人生中的第一次考古发掘。

在她的想象里，考古工地就像一个魔境，在这里她随时可能与几千年前那些鬼怪的灵魂相遇，因此她要把自己装扮成一个特立独行的奇侠，才可以镇住他们。那帮男生听后都觉得，像她这样能从中文系宁静的课堂转来偏僻落后的农村参加考古实习的女生，本身就不可思议。

考古队租住在乡间一处久无人居的农舍大院里，范雪是唯一的女生，自己单独住一个房间。房间里有炉子，冬天会比其他十几个男生睡大通铺的房间更温暖。

这个农舍大院其实是一座古寺遗址，院后有座唐代的石塔，底座为三层石质须弥座，塔身浮雕菩萨、龙、虎、飞天。每当夕阳斜照之际，佛相庄严。考古队员们把塔下不远处的长条石板当作了饭桌，每天晚上在灶上打了饭，会自觉不自觉地来这聚一下，然后喝一点酒，吹一吹牛，这几乎是他们一天中最快乐的时光。

"干考古的女生，不会喝酒可不成！"

男生们以这个为借口，几乎个个想和范雪碰杯，再借着酒劲说几句放肆的话，他们大多单身，醉翁之意昭然若揭。

范雪还真不怵这个，谁来跟她喝酒她就大大方方与之对饮，仿佛天生对酒精有免疫能力，一杯白酒下去，居然面不红心不跳。那些假装豪气的二十岁男生们傻了眼，很快纷纷败下阵来。

只有老猫从不主动敬酒，也不吭气，自己坐在一边扒拉饭。时间久了，范雪反而每次打了饭都会主动走过来坐在老猫旁边，两个人一起不声不响地吃饭。再久一些，她开始挑剔，会把饭里的肥肉都挑出来，夹到老猫碗里，让老猫帮她吃，女孩怕长胖男孩不怕，老猫闷声不响地就把肥肉统统吃光了。

他们发掘的是一座古代大型陶窑遗址，工作比较枯燥。每个人被分配负责一个五米见方的探方，各带一名农工向下深入发掘古代遗迹，每天除了划分地层就是挖掘灰坑，出土都是一些碎瓷片。时间久了，大家都有些乏味。

只有范雪，兴致勃勃，每天早上去探方工作时都会自带一壶清水。每当挖出一些带有纹饰的瓷片，她就迫不及待地把它们洗干净，在探方边上晾干，然后仔细端详每一片瓷片的纹饰，沉浸在想象和喜悦之中。别人则是把瓷片统统和着泥土装入编织袋，标上记号，每天收工时统一拉回宿舍，到发掘结束后才清洗。

范雪的光头在探方里格外亮眼，就和她晾晒的瓷片一样，"瓷女侠"的称号不胫而走，连村里的大爷大妈也津津乐道。

老猫有时候过来和范雪一起看瓷片。范雪说，她转学考古就是因为从小喜欢瓷器。她的母亲是故宫的一位工作人员，因此她从小就有机会常去故宫玩。每次去陶瓷馆参观，看到宋汝窑的"雨过天青"与五代青瓷的"千峰翠色"，那种颜色对她来说，就像是理想中情人的眼神，温婉、舒缓、安定。

她就是这样与宋代久别重逢，再度相遇。

老猫后来告诉我，他总觉得和范雪之间的相遇，就像是范雪与宋代的瓷片一样，恍如隔世重逢。

三

考古系的师生们都知道，在那个秋天，老猫曾经为了范雪，几乎赔上性命。

那一天，考古队的学生们欢呼雀跃着，他们在陶窑遗址上，偶然发现了一个古墓。

这个墓葬年代比陶窑晚，从地层关系上来说打破了陶窑的地层，因此要发掘陶窑，必须先发掘墓葬。同学们都知道，发掘墓葬或窖藏比发掘陶窑要有趣得多，因为墓葬和窖藏很可能出土重要文物。大家都盼着亲眼见到深埋地下的宝贝，干劲很大，工作进展顺利。

但是谁也没有想到，这个看上去普普通通，长不过五米，宽不过三米的长方形土坑竖穴墓这样深。挖了将近十米，才挖到墓底，墓底又有砖室，已经坍塌埋住了墓主人，发掘工作并不轻松。

当碎砖清理走之后，大家看到一副侧卧不全的腐朽人体骨架，随葬品不多，却让同学们又一阵欢呼，因为在土层之中，露出了半个青花瓷器的影子。

凭着知识和经验，大家推断这很有可能是一件市场上价值极高的元青花梅瓶。

同学们的兴奋之情可想而知，但考古与盗宝不同，不是取了东西就走，必须要保留所有的考古证据。也就是说，必须详细记录出土文物的位置，周围环境情况，要画图、拍照、测量，一般要在全部墓葬基本清理完毕之后才能将文物取出。

当日天色已晚，领队老师决定第二天早上再去。

第二天早上七点不到，负责发掘带队的老师刚起床，发现有几个同学已经兴冲冲地跑去古墓工作，事实证明这是个巨大的错误。此时，田野里极其湿润，不仅露水未干，昨天夜里还下过小雨，泥土松软，进入墓穴危险极大。

　　领队老师慌忙带着其他同学赶到发掘现场，但是已经晚了。

　　范雪是考古队指定的画图员，第一个就踩着梯子下到了十米深的墓底，老猫本来不应该下去，但是不放心也跟了下去，其他早去的两个同学在上面负责拍照。

　　老猫顺着梯子往下爬的时候，已经觉得有些不对。他感觉墓壁上有很多湿润的裂缝，细小的泥土颗粒不断地掉落，软梯也似乎不那么牢靠，好像随时要倾倒下来。脚一落地，他抬头一看，只见墓壁上一块巨大的土层瞬间朝范雪压落过来。

　　"小心！"老猫这时候不知道哪里来的敏捷，飞一样扑过去拼命推开范雪。范雪被他推得摔了一跤，摔倒在墓穴的另一侧。这时，"轰"的一声，整个半边墓穴都塌方了。

　　老猫被埋在土中，空气断绝，脑袋里"轰"的一声，瞬间他预感到自己很可能将死在这里。

　　守在上面的同学一声尖叫，正好领队老师和其他同学赶到，目睹这场面都震惊了。

　　墓穴塌方的事情他们以前也听说过，但从未碰到，这一瞬间的突发事件，几乎让所有人都慌了。

　　据老猫后来讲，当时他闷在土里，做着最后的挣扎，在挣扎中他突然摸到一件光润坚硬的东西。他开始以为那是一块古人殉葬用的美玉，后来才感觉出来是一副死人的骨骼，那是千百年前死去的墓主人冰冷的面庞。

老猫说，在他昏过去的一瞬间，他希望那是历史上一个美女的骷髅，他可不想为一个丑男陪葬。

四

老猫醒来时已经在地方医院的病床上。领队老师说，还好塌方的墓土总量不大，把老猫埋得不深，才得以很快将他挖出来，但是他也已经因窒息而昏迷。幸亏他的身体极为强健，如果当时压在下面的是范雪，可能已经没命了。现在他只是受了一些皮外伤，休息两天就可以出院了。

范雪守在老猫身边，给他端茶倒水。老猫一看，范雪的几个指甲全劈了，涂着药。问她怎么弄的，范雪说你推了我一大跤，手戳在石头上了，疼得几天不能拿笔。救命恩人啊，你的力气真是不小！

其实，那是她在他被活埋之后，和同学们为抢救他拼命挖土，把考古用的手铲都挖断了，就用双手继续去刨，刨土用力过猛过久造成的。

两个人因为这次意外，不知不觉间拉近了距离。

冬天来临，田野发掘工作告一段落，转向室内资料整理，主要就是清洗和拼对瓷片，这又是一项枯燥的工作。拼过瓷片的人都知道，要想把一袋袋碎的都看不出器型的瓷片一点点拼对起来，凑成一件基本完整的器物，该是多么困难。

在这项工作上，范雪和老猫搭档可称绝配。范雪认瓷片既快又准，对每一块瓷片的棱角和花纹特征过目不忘，而老猫是个极有耐心的人，粘瓷片粘得非常好。

偶尔在老猫用强力胶水细心地把某几片可以拼起来的小碎片重新粘成大碎片的过程中，不小心两只手和瓷片同时粘在一起，他无法揭，范雪就过来帮他。

有时范雪会低下头，用嘴慢慢把胶吹干，再帮他把粘在手上的瓷片揭下来。瓷器的釉面在阳光下呈现出七彩斑斓的美丽光泽，这叫"蛤蜊光"，是古瓷釉面老化到几百年后出现的特殊现象。

其实老猫对瓷器远没有范雪那样喜爱，他只是被它的光彩吸引。偶尔拿来几片托在掌中，发现有些小瓷片上，有如云如水般的纹饰，那种飞动线条的韵律美让他记忆深刻。

有一天晚上，村里意外停电，范雪从一堆瓷片中挑拣出宋代白瓷小盏残件一个，内置清油、明火，放在标本室的长桌上用来照明。

老猫在微弱的灯光里继续干活，却发现范雪停住了没动，抬头看范雪，她正呆呆地对着墙，对老猫说："你看！多美的影子！"

蓦然回首，老猫才发现两人的影子被放得长长的，映射在雪白的墙上。范雪说，这可能不是现在的我们，而是被这宋代的灯光，照出了前世的我们。

老猫的心里一震，后来他说，那是他青春记忆里最美好的影像。

这时候同学们渐渐认为，老猫已经在和范雪谈恋爱了。因为范雪不知道什么时候从镇里买来毛线球和针，开始在业余时间练习打毛衣。生活在乡村与世隔绝，同学们的业余生活很单调，大家都在找些有趣的事情来做，但是没有人想到打毛衣，毛衣打给谁呢？那个颜色和款式，一看就是给男人的，难道是给老猫打的？

范雪的头发渐渐长出来了，虽然还很短，但已经不会让陌生人怀疑出了家。由于天气冷，吃晚饭的地方早已从室外搬到室内，还添了一台电视机，偶尔放放从附近县城里租来的录像，比如《东邪西毒》或是《阿飞正传》。王家卫的电影里抒发着淡淡忧伤的音乐与同学们归拢瓷片发出的清脆声音，每天在标本室里回荡着。

范雪就这样每天对着电视打毛衣，有时候还把老猫叫过来，在他身上比比样式，量量尺寸，老猫只会憨憨地笑着。这时候有些男同学已经看不下去了，纷纷叫嚣着要老猫请客，否则就没收他未来的毛衣。

单身的男生们都喜欢范雪，嫉妒老猫，其实只有老猫知道，范雪不是在给他打毛衣。那时在农村，通讯尚不发达，整个农舍大院里只有一台长途电话，大家总是抢着打，每到饭点就排起长队。

只有范雪不抢，因为她有别人没有的优势，那是一台微型寻呼机。老猫早就注意到范雪一直在和一个神秘人用简单的文字寻呼互相传递着信息，每次她收到信息时洋溢在脸上的那种青春的喜悦与羞涩，也让老猫只想默默地装作不知。

看来这个神秘人的身材尺寸和他很相近，所以她才把他当成模特来试毛衣。老猫看出来，在她看他穿着半成品毛衣的目光里，分明有着另一个人的影子。那个人就是范雪在城市里的男友，正在焦急地等待范雪早日结束实习，回去团聚。

范雪是那种头脑极聪明但手不是很巧的女孩，不久在进展上就出现了困难。这时慢条斯理的老猫才展现了他惊人的技艺——原来他也会打毛衣，而且比范雪更灵巧。谁也不知道老猫还有这样的绝技，所以后来留在同学们记忆中的那件考古队毛衣其实主要是老猫的作品，而不是范雪的。

也许是与世隔绝的考古时间实在太长了，让善变的年轻的心不再等待。终于有一天很晚的时候，老猫来到标本室，看到寒风凛冽的门外，窗台上那个长途电话旁站着一个头发已经开始长到脖子的女孩，那是范雪。

她一边讲着什么一边在哭，眼泪滴滴答答地掉个没完，那是老猫第一次看到这个乐观的女孩哭得那么伤心。老猫没说话，只是把自己身上的军大衣脱下来，披在范雪身上，然后进屋继续拼对瓷片。

那个晚上他拼对出了三个瓷碗，每一个碗基本完整偏偏口沿都缺一块肉，以至于无论从哪个角度看上去都不够完美。老猫叹了口气把它们放在架上，才发现满手都粘着胶水，这时候没有人帮他清理胶水了。又过了一段时间，范雪推门进来，把大衣脱下来交给老猫，默默地坐在他身边。

老猫起身给范雪倒了一杯热水，他满手是胶，必须很小心不让胶水粘到水杯上。等到热水递到范雪面前，她捧着热气腾腾的水杯又哭了，低声问老猫："老猫，你说，距离是不是爱情最大的敌人？"

敌人？爱情的敌人有很多，你在乎什么，什么就有可能成为它的敌人。在他们这样年纪的大学生，本该享受校园的青春和城市的生活，可是这个特殊的专业却把他们带到这个与世隔绝的地方，过着像农民一样艰苦的生活。对于一个青春恋爱的女生来说，如果因此而造成分手，会不会有些残酷。

"我昨天看书刚好看到一句话，在错的时间，遇到对的人，这才是青春！"老猫不知道为什么，说出了这样一句话。范雪听完之后，不哭了，慢慢地一口一口把杯里的热水喝光。

范雪让老猫陪她出去走走，老猫犹豫了一下答应了。他坚持让范雪穿上军大衣，自己只穿了毛衣和一件小外套。外面风很冷，白天下过雪，好在已经晴了。一轮孤寒的月亮挂在天空，照在他们前方的石塔上，也照在雪地里，留下纵横交错的树杈的影子。

范雪在前面疾走，老猫从来没有见她走得那么快，而且毫无方向，每次靠老猫提醒她同一个方向已经走得太远，需要往回转了。后来老猫说，他有预感那可能是他和范雪在这里的最后一次散步，他一直想和她说点什么，可是终于没有。

回到考古大院的时候，老猫已经冻得嘴唇发紫，范雪坚持让他到她的房间里去暖和一会儿。因为她的房间小而且有一个单独的炉子，比老猫他们十个人的大房间暖和得多。

老猫进了屋，身体还是冻得直哆嗦。范雪说我帮你暖暖吧。还没等到老猫反应过来，范雪已经抱住了他。老猫虽然平素装得老成，其实那是他第一次和自己喜欢的女孩拥抱，他觉得头脑都有些不清楚了，他想去吻范雪的脸颊，却发现她的脸上全是冰冻的泪痕。

这时候老猫才清醒地意识到，她不是想要抱他，她只是通过抱他而隔空抱着另一个"他"，他只是一个工具，在她需要的时候充当了她感情宣泄的工具。在感受着她身体散发出来的热度的同时，老猫知道这个女孩内心正充满着失恋的痛苦和绝望，他想帮她，可是暂时无能为力。

　　他们这么抱了一会儿就分开了，半夜回去老猫发烧了。他嗓子冒烟，头疼欲裂，因为不愿意吵醒同屋的人们而没有起床找水喝，在床上躺着偏偏又睡不着觉。老猫拧开床头灯，找到一个从没用过的软皮笔记本，默写出了几句北岛的诗：

　　　　　　古老的陶罐上

　　　　　　早有关于我们的传说

　　　　　　可你还不停地问

　　　　　　这是否值得

　　　　　　当然，火会在风中熄灭

　　　　　　山峰也会在黎明倒塌

　　　　　　融进殡葬夜色的河

　　　　　　爱的苦果

　　　　　　将在成熟时坠落

　　　　　　此时此地

　　　　　　只要有落日为我们加冕

　　　　　　随之而来的一切

　　　　　　又算得了什么

　　　　　　——那漫长的夜

　　　　　　辗转而沉默的时刻

　　老猫写完，觉得自己的钢笔字还不错，他想把这个笔记本送给范雪，可是后来终于没有送成。

五

实习期临近结束的时候，范雪请假提前回家过年了，老猫是冬春交际之时最后一个离开村子的考古系学生。

那天清早，他独自步行穿过深如峡谷的山沟，探访去年挖过的探方。在沟底他看到巨树婆娑、冬草枯黄，天空幽蓝却又离他如此遥远。三千年前，这里是平川，水草丰美、馑荼如饴，古代先祖曾经跃马平川；三千年后，这里水枯石烂，野鸟高飞，没有笑语没有人烟。

那一刻他突然觉得考古有时是一件如此荒谬的事情，因为历史不仅不可逆转，而且在这个时代正以加速度在人们对未来的关注中越去越远。

老猫走到去年他和范雪发掘的那座古墓，看到那里的探方已经被填平，周围长满几尺高的荒草。一只灰色的鸟在上面觅食，声音宛转空灵又展翅倏飞，划去一道孤独的弧线。

本科毕业以后，范雪去英国留学，攻读考古学专业的课程，继续自己的考古梦。老猫却意外去了香港中文大学读历史学硕士，后来留在那里当了老师。

香港的房子很贵，老猫买不起，只好租房住。房东先生是一位为人和善的外科医生，房东太太则是一位护士，但是他们都没想到，天生就有救女人一命职责的老猫竟然又救了房东太太一命。

事情发生在房东太太生小女儿后的第九天。那天晚上，房东先生有重要手术没有在家。凌晨时分，房东太太发现自己突然出血，知道是产后反应，于是立即躺下，同时大声呼唤老猫帮忙。当时血流得很多，老猫看形势不对，马上打电话叫急救。

这时房东太太的腹部已经迅速涨起，里面肯定是充斥着瘀血，疼得她几乎发狂，呼叫着让老猫帮她挤出瘀血。她当时又疼得无法形容只会反抗，不容任何人碰她。就这样一次两次，老猫没办法了，忽然"啪"的一声狠狠打在她大腿上，房东太太呆住了，他怎么会打她？老猫便趁机往她肚上一推，把瘀血挤了出来。

救护车到来之后，老猫帮助护送病人，指引道路。到了医院，房东先生已经赶到，忙着准备好一切药物、用具、房间灯等，马上替房东太太输血。就这样，所有时间全都配合得刚刚好，没有浪费时间。

医生判断是房东太太的胎盘遗留在子宫中引起产后出血，若非抢救及时定会有生命危险。经过手术，房东太太终于脱险。等到房东先生走出手术室，才发现老猫在外面的椅子上已经累得睡着了。

夫妻二人感谢老猫的见义勇为和临阵不乱，觉得他是难得的大陆好青年，一门心思要给他介绍对象。老猫推辞不过，只好被他们安排相亲。

就这样，老猫见到了陈萍。陈萍是从大陆来香港工作的毕业生，在香港一所大学里工作，是大学图书馆的管理员。房东太太没有告诉老猫要见什么人，只是故作神秘地说是个长得白白的清秀女孩，让老猫自己去看。两人第一次约在香港中环附近的公园里见面，那里有一座优雅的小白楼建筑是香港茶具文物馆，馆前池塘边第三个座椅就是他们的接头之地。

老猫来的时候陈萍正在池塘边看鱼，椅子上是空的，老猫以为没有人，也在池塘边转。他看见陈萍时觉得特别惊讶，你是某某大学历史系的陈萍吗？你还记得我吗？在这里碰到你真巧啊。

　　原来两个人竟然还是校友，在本科时上过同一门选修课，当时只能算认识，没有说过话。想不到毕业之后，竟然又在这里重逢，而且一聊，原来是为了和对方相亲而来的，这不是缘分么？

　　以后的发展顺风顺水，两个人在一起回忆起很多大学时光。其实他们可能不止一次相遇，都是在一家叫作"雕刻时光"的咖啡馆，那是京城知名的咖啡馆，是一对恩爱夫妇开设的。

　　那里会定期放电影，也有很多可以免费取阅的书籍。两个人经常各自在那里坐一整天，要一份十元就可以续杯的咖啡。翻翻店主大学时收集的电影资料图片，新的JAZZ BLUES、乡村乐、民族音乐在耳边萦绕，或者阅读自己带来的专业书，只是那个时候，他们谁也没有注意过谁。

　　香港的街道很窄，行人总是来去匆匆，老猫后来形容，在香港的生活就像装在一个笼子里。他们平时各忙各的，偶尔打打电话，或是晚上一起吃顿饭，逛一逛中环的街道，总是好不容易盼到周末，然后一起去深圳玩。

　　他和陈萍在深圳都有同学，平时的购物和消费也主要在那里，他们在一起的生活平静而快乐。老猫后来说，陈萍这个人各方面都很平均，对任何事都不会有非分的要求，甚至在结婚这件事情上，也不会给他任何压力，可是这种平静又似乎让他有点怅然若失。

　　学期末的时候，老猫所在的大学有一个来年去英国做访问学者的机会，为期一年。校方问老猫去不去，老猫愣了一愣，范雪的影子在他的脑海里浮现了一会儿。最后他说，我在香港工作学习已经很适应，我不去了。

这年春节的时候，两个人一起回了趟北京。我们都以为老猫快要办喜事的时候，一个电话把他毁了，那是范雪从英国打来的。

六

范雪已经有两年没和老猫联系，如果不是老猫刚好回到北京父母家里，她也许就找不到老猫了。给老猫打电话的时间是伦敦的深夜，她的声音竟有些凄婉。

她说自己经常睡到半夜就醒了，做了几个小时在黑夜中徘徊并难过痛苦的梦。今夜失眠的原因是晚餐时她独自在一家餐厅里用餐，她的邻座是一对手拉手深情对望的老夫妇，餐厅里播放着爵士乐，侍者为每一位就餐者提供免费的鸡尾酒，原来是这对老夫妇的结婚五十周年纪念日。

她看着看着就泪流满面了。她曾经是彻底的理想主义者、完美主义者，为了追求考古梦想，放弃了毕业可以找到的优越工作，不计较生活条件和经济压力，毅然前往英国求学，继续着想要成为一个伟大考古学者的梦想。

可是她渐渐地觉得，这个时代已经不再是追求学术的时代，她的努力得不到周围亲友的认同和尊敬。每当她了解到国内那些翻天覆地的变化时，她都感到不适和无能为力。她害怕回国，也不能更好地融入英国社会，她不知道自己应该固守自我，还是审时度势。

在情感上，她更是无比孤独，她需要一个志同道合的伙伴陪在她失眠的夜里，守护她的脆弱，催生她的坚强。可是，这个人在哪儿呢？

老猫放下她的电话，面对着窗外京城道路上拥挤的车流发了很长时间的呆。第二天就打电话给香港大学问那个和英国交换访问学者的计划自己还能不能参加，在得到肯定的答复之后，他约了陈萍吃饭。至于他们是怎么分手的，我们已不得而知。

老猫这个我们都以为很现实的人，终于做了一件最不现实的事情。

老猫说，他再次见到范雪是在北伦敦的一幢老房子里，范雪自从到了英国，就一直寄居在那里。

据说房东是一位和蔼可亲的英国老太太，范雪把她哄得开心极了，对她像自己的女儿一样。房子后面的花园对着马路，面积十分开阔，植物茂盛。

他去的前夜刚刚下过雨，花园里面的HOLLY BERRY（冬青树结的浆果）红艳艳得十分显眼。范雪远远站在花园门口向他开过来的计程车招手，他看到她已长发过肩，脸上也是一片楚楚的笑容，再也不是当年光头女侠的样子。

范雪亲自为老猫做了一顿饭。一个非常华丽的盘子，端上来里面盛放着薄荷叶杏肉香煎小羊排，配香草三文鱼慕斯和黄油玉米。只是这羊排明显煎糊了，颜色实在不怎么好看，让人回想起她蹩脚毛衣的故事。范雪十分不好意思地冲着老猫吐了吐舌头。

老猫边吃着这份难吃的羊排，边对这个画着花卉图案的盘子产生了兴趣。虽然老猫是学考古的，但是在本科专业中并没有太多有关明清文物的知识，因此他对这些瓷器还感觉非常陌生，只是觉得非常好看。

范雪告诉他说，这些都是中国清代外销到欧洲的粉彩瓷器。粉彩，是中国古代瓷器的一个著名品种，英文叫Famille Rose，一百多年来深受英国贵族的喜爱。

原来范雪到了英国以后，为了解决生活开销问题，在念书之余开始做起了瓷器生意，专门收购这些散落在欧洲的中国清代外销瓷器，再把它们加价转让给中国大陆的瓷器收藏者。

一个来自东方的女孩做着古董外销瓷生意，这在欧洲实在是太罕见了。很快，她在圈内有了一个有趣的外号——"外销女王"。

"顺便告诉你，我现在已经改名叫范柔丝了，就是粉彩Famille Rose的译音，怎么样，很好听吧？我的客人们都很喜欢这个名字呢？"范雪不无得意地告诉老猫。

"外销女王？范柔丝？柔软的丝绸？"老猫看着她一头柔软如丝的长发，忍不住想起了她当年光着头，在考古探方里挖掘瓷片的样子。

我们都以为，老猫为了范柔丝放弃一切，跑到英国，两人一定很快就会结婚。事实完全不是如此，两人似乎依然保持着一种若即若离的关系。虽然经常在一起吃饭、逛街，甚至结伴到欧洲各地旅游，但是从来没有听说两人住在一起。

为期一年的访问学者到期之后，老猫设法拿到工作签证，在一个学校里做一些临时性工作，后来又靠朋友的帮助，与人合伙在唐人街开了家饭馆。

"你的外号叫老猫，这家饭馆当然就叫猫阁喽。"

这是范柔丝给饭馆起的名字。

她还有更大胆的设计，把手中那些比较廉价，不容易卖出的普通外销瓷作为装饰，悬挂在饭馆的四面墙壁上，既是特色装修也是招揽生意的手段。

这个创意果然奏效，好奇的伦敦人每当经过，总会向里眺望一下这个古意盎然又充满东方情调的房间。如果刚好闻到里面川菜散发出的麻辣香气，实在忍不住要拔脚进去一试。

有一段时间，范柔丝也把猫阁作为自己和别人交易古董的场所，各国经营瓷器的商人进进出出，猫阁墙壁上的瓷器也就越挂越多了。

此后老猫更多的精力渐渐转到饭馆的经营上，生意越来越红火，而范柔丝则在学术进展遭遇挫折之后，也把更多精力放在了她的古董买卖上，足迹遍布天涯。

范柔丝不在伦敦的时候，老猫就帮她接待客人。久而久之，他对瓷器也产生了兴趣。每次我来伦敦出差，老猫都会盛情邀请我去猫阁坐坐，因为我是瓷器专家，可以给他讲很多关于瓷器的故事。

七

　　有一次我和老猫喝酒，两个人都喝得半醉了，我实在忍不住问他："我们都认为你是为了范柔丝才跑到英国来的，你为什么不向她求婚？你们之间难道从来没有朝那个方向努力过？"

　　老猫打了个酒气熏人的嗝，眼神飘忽地说："有，当然有过，那是我们一起去巴斯时候的事了。"

　　那一年，他们一起旅游，去了英国西南海岸附近的小城巴斯。

　　巴斯是英国最古老的城市之一。公元一世纪，凯撒大帝的铁骑横扫欧亚，强大的罗马人入侵英国，被这里优美的风光和天然的温泉所吸引，便将此地取名"巴斯"（即"浴池"之意），这里最有名的游览胜地就是著名的罗马大浴池遗址。

　　某个傍晚，两个人坐在经过考古发掘和重建而成的罗马大浴池边上，静静凝视着碧绿的温泉水出神，面对着落日的余晖照在有些残破黑灰的古代遗迹上，如同神灵的力量注入进来，一切突然变得金碧辉煌起来。

　　老猫正有些怅惘的时候，范柔丝突然使劲地扯着他的胳膊说："你看，你看，那些罗马石柱变活了！"

　　老猫揉了揉眼睛再看，真的！那些石柱上的塑像真的生动起来，古罗马人又出现了。他们在池边聊天、饮酒、嬉戏，他仿佛听到他们哼唱着动听的音乐，舞动着婀娜的身姿，从墙面上升起来飞向空中盘旋环绕着。

　　老猫和范柔丝惊讶着，站起身缓缓漫步在这片古罗马的废墟上，打开一切感官感受着神灵们一个个地降临。然而，当他们行进到回廊尽头的阴影里又转回来时，一切却又变得静悄悄的，仿佛什么都没有发生。

"你看，这像不像我们当年在考古工地上发掘的探方？"范柔丝对老猫说。

果然，这个浴池遗迹成长方形，又在地下几米的位置，很像当年他们一队人马在田野里工作的考古现场。

"那时候我才二十岁，多好啊，过去的青春是永远回不去了。"范柔丝有些惆怅地自言自语说。

两个人重新坐回台阶上的时候，老猫看到范柔丝眼眸里那一丝沉静的柔情。他觉得是时候了，仿佛是爱神在这一刻动用了天地夕阳的力量帮助他向她求爱，他一边酝酿着即将说出口的话，一边缓缓地用手揽住了她的肩头。她既没有拒绝，也没有就势靠在他的肩上。

老猫问范柔丝，这么多年来，除了当年那个令她流泪的电话，她真的没有什么满意的追求者吗？后来我听到这句，真忍不住想给他一个嘴巴。

想不到范柔丝说有啊，前几天她在FACEBOOK上公布了自己去某国旅游的照片，有位不认识的人留言咨询行程，她觉得私信回答他比较合适。点击进入邮箱发现早在两年前他就给她写过两封长邮件，说通过朋友得知她，很想认识她，并详尽介绍了他自己，末了说这样唐突请不要觉得被冒犯。范柔丝说她当时没回复，甚至不记得自己读过这封信。

总之，两年之后她终于回了信，奉上该国旅行的攻略若干。之后她忍不住好奇点开了他的个人页面和网上相册，发现这家伙居然是一个比她还疯狂的旅行者，满世界游走，滑雪飞行无所不能！

他也和她一样在英国生活，他们有几个共同的朋友，还有很多地方都前后脚去过！比如他最近的更新是去年从阿根廷到南极旅游，而不久前她也刚刚上传了在布宜诺斯艾利斯机场转机的照片。他的职业是一名高收入的科技公司从业者，这解释了他的旅游资金从何而来。

范柔丝说她为这个事情震惊了好几天，这证明了一个真理——不管你多奇葩，这世上至少有一个人和你是绝配，就看你能不能在有生之年遇到了。范柔丝认为既然这是老天为他们安排的缘分，她准备一回到伦敦，就考虑和他见面。

老猫说他当时就愣住了，不知道该说什么，后来慢慢地把手从范柔丝的肩上拿了回来。

八

我对世界上竟然有老猫这样情商低下的人表示非常愤怒，我告诉老猫，那个陌生人五年前找过范柔丝，而你已经和她认识了十年！你们在经历上的相同之处不是更多？你为她付出了多少她岂会不知？她这么说无非就是在暗示你啊！你应该立刻表白自己，痛陈自己这些年的相思之苦，然后果断地把她揽入怀中！

老猫听我这么一说，又愣住了，愣了很久以后说，也许是吧。然后，就又没事人一样地继续喝酒。我问老猫，后来范柔丝回到伦敦和那个人见了面有没有下文？老猫说好像没有，她依然过着自己无拘无束的生活。

我已经气愤得要吐血的时候，老猫又说，其实那一天，真的有发生奇迹。

当他们起身准备离开罗马大浴池，回望最后一眼的时候，突然发现在那沐浴着金色光芒的墙上，其中一位古罗马雕塑的神像不知什么时候悄悄走了下来，静静地坐在他们刚才坐的台阶上，侧身对着夕阳，似乎在沉思什么。

老猫激动地拿出相机，想要捕捉那个瞬间的时候，太阳已经淹没在天边了。神像起身回望了他一眼，迈着从容的步伐走向远处的广场，一会儿就消失了。

后来，他们在暮色中沿着古老的雅芳河缓缓走出了巴斯城。两岸风景恬淡悠远，却已经渐渐沉入了黑暗，范柔丝下一段台阶时主动拉起了老猫的手，一直到下过台阶又走了很远才松开。

老猫觉得神不守舍，一路上始终愣愣地想着那个神奇的场景。再后来，他托朋友买到一张罗马大浴池的全景照片，一直挂在猫阁。

"你看，那神像还在呢！"老猫指着一面墙壁对我说。

我抬头望去，果然看到猫阁的墙壁上有那么一张镶了镜框的照片，挂在那些五颜六色的瓷器中间。这时候我似乎渐渐有些明白了，对于老猫和范柔丝之间的事情，我其实不应该那么着急。

因为世间所有的相遇，不过都是久别重逢。就像那些几百年前在中国景德镇生产的粉彩瓷器，如今都漂洋过海挂在了猫阁的墙上，最终又被我们这些中国人买走一样。

※ 观 音

隔天下午，杨小姐梳了整齐的头发，化了淡淡的妆容走进来，坐在华仔的画桌前。明眸轻挑，撩人心扉。

华仔平复着波动的情绪，用毛笔沾着钴料，将她的面貌画影成形。

天青色等烟雨，而我在等你。

你知道吗？

一

这场藏身于某个简陋写字楼里的瓷器专场拍卖轰动港岛。原因很简单，名家旧藏委身于无名小拍卖行，估价太便宜，让行家们误以为有大漏可捡。

蒋旺老师曾是港岛资深的瓷器专家，终生未婚，只与瓷器为伍。

前半生经营古董瓷器，后半生做专家为人鉴定授课。八十余岁突然去世没有留下遗嘱，律师经与其唯一的远房亲属协商后，将其留下的全部瓷器拍卖。

这批瓷器交付蒋老的学生，某小拍卖行的经理处理。由于是小拍卖行，图录印得粗糙，年代标得不准确，价钱也估得极其便宜。

恰恰因为如此，消息不胫而走。全国的瓷器高手都秘密来到这里，希望能以低廉的价格赚走老人的珍贵旧藏。

大多数行家彼此认识，见面后心照不宣，各自寻漏。唯有一位花白头发的老人和一位年轻貌美的女孩无人认识，偏偏他们两个，选中了同一个号码的竞投号牌，争执不下。

二

拍卖场上，老人和女孩坐在了一起。

女孩笑着对老人说："我可以把这个号牌和你交换，只要你能说服我，你为什么一定要这个号牌？"

"为什么？"老人平淡地一笑，"小朋友，你可不可以告诉我，你为什么一定要选这个号牌，看看我们谁的理由更充分。"

"不成，这是个秘密，号牌我先办的，你想要得听我的。还没回答我的问题呢，不许反问。"

"好吧，小朋友，你能不能告诉我，你想买哪件瓷器？"

"这怎么能告诉你呢，这是秘密。"

"那没关系，小朋友，我可以告诉你，我要买哪件瓷器。"

老人翻开图录，最后一页，一件青花瓷板。画中一位观音，端坐云海之中，面目端庄祥和。图录上的年代标注为民国，估价只有几千港币。

"啊！我也要买这件！"女孩惊讶地说，"听说这是件成化年间的瓷板，值好几十万呢。图录上的年代和估价都有误，是大漏！"

"大漏？"老人淡淡地笑着摇了摇头，"世间哪里有漏，你看这前后左右坐的，都是这个时代古玩圈内的顶尖高手，他们都盯着这件东西呢！"

"那怎么办？要不，我们合伙买吧，人多力量大，还可以减少一个竞争对手，你说好伐？"

"听口音，你是上海人？"老人心中一动，再看一看女孩，竟觉得她的眉目之间，与画中观音有几分相似。

前尘往事，渐渐铺满心头。

三

四十年前，港岛。

一对结拜兄弟，华仔和旺仔，一起闯荡古玩江湖，在中环小巷内开设了一家古玩店。哥哥华仔，曾经师从业内名家，眼力好，办事冷静果断。弟弟旺仔，半路出家，给华仔帮忙跑腿，同时学习瓷器。

两个人忙于生意，都未成家。在旺仔心里，渐渐出现了挥不去的对女人的幻想。虽然这幻想，有时只能在电影院里实现。二十世纪六七十年代的电影，是属于那些从容而优雅的女明星的年代。葛兰、夏梦、尤敏，是那个时代男人心中最难忘记的迷梦。

那一天，在兄弟二人的古玩店对面的写字楼里，来了一个像电影里有着明星般优雅气质的年轻女孩。她大概是一个朝九晚五的上班族，穿着职业套装，总是脚步匆匆。早上从不误点，晚上偶尔加班。

每天飘过的背影，那烫过的黑色长发，整洁的短裙，修长的小腿和纤细的脚踝踩着高跟鞋在台阶上发出的轻响，以及偶尔回头一瞥时明眸朱唇的端庄，引得旺仔心中总是一阵又一阵的荡漾。

华仔笑他："看上人家，又不敢去追？"

旺仔脸红，内心有一点点自卑。

那一天中午，女孩午休出来吃饭，饭后散步，走进兄弟二人的古董店。

"老板，你家的花瓶好漂亮啊！"

旺仔办事刚刚回来，远远地，看见店中的女孩正在和华仔搭话。

女孩抬头望去，展柜里放了大大小小的梅瓶，多是红釉与白釉。梅瓶是一种小口、短颈、丰肩、瘦底、圈足的瓶式，以口小只能插梅枝而得名。因瓶体修长，宋时称为"经瓶"，作盛酒用器。造型挺秀、俏丽，明朝以后被称为"梅瓶"，因其造型美观，特别为陶瓷收藏者喜欢。

"这些叫梅瓶，你能说出它们颜色的学名么？"华仔问女孩。

女孩摇摇头："都是红的，有什么分别？"

"看来你真的不懂瓷器，既然不懂，看看算了。"

女孩撅起嘴，又不肯离开。旺仔凑过来，和她一起看："这叫珊瑚红，就像珊瑚的颜色，那边还有祭红、胭脂红、宝石红、牛血红、郎窑红……"

"这么多名字？看来我也要学习学习瓷器呢。"

"你是在附近上班的？"旺仔明知故问。

"是啊是啊，就在对面的律师楼。"

"不是本地人？"

"我是上海人，从小来香港的。"

"我们也是外地人，北京的，和父辈迁来香港，有空常来坐。"

四

女孩以后偶尔会来转转，说也奇怪，总是碰到旺仔不在的时候。旺仔知道了，总有一种失落的感觉。

女孩常向华仔请教一些简单的古董问题，比如这个瓷器是做什么用的，那个玉器是什么年代的。华仔的反应总是淡淡的。

女孩总是撅着嘴离开。可是过一段时间，又好像忘记了，某个中午又会欢快地散步过来。

旺仔有时跟华仔开玩笑，她是不是喜欢你啊，你怎么装得像个和尚啊，平时又不吃素。

华仔不说话，在他的心里，也许只有瓷器才是动人有生命力的。

每当得到一件难得的好瓷器，他会抱着看一整天。用手电照内腔，用放大镜看气泡，查书查资料，天天研究，爱不释手。和旺仔讲起瓷器来，也是滔滔不绝。

说到女人，就没话了。在他眼里，再美的女人，身体的曲线也不如梅瓶优美，不如瓷器坚实可靠。

他答应旺仔，以后女孩来时，马上打电话给他，叫他回来。

可是一段时间了，再没碰到这样的机会。

五

一天晚上，中环下着暴雨。旺仔撑着伞急匆匆走过的时候，突然看到一个熟悉的娇弱的女人背影，双手举着外套挡雨，狼狈地跑到街对面的屋檐下避雨。

"是你啊，怎么没带伞。"

"忘记了，加班晚了，还没吃饭，想吃点东西再走，刚出来就被雨浇到了。"

"我也没吃饭呢，你看，对面那家潮州菜还开门，我正想去吃碗鱼丸面。一起去吧，吃完送你回家。"

两个年轻人，很容易聊到一起。

"你们做古玩的，也收购吗？我家墙上挂着一件瓷画，从我小时候就挂着了，可能是件古董，我想卖了。"

"好，我叫华仔哪天去看看，他比我懂。"

"你去看就好了，不用叫他去吧。"

"为什么？他比我更懂瓷器。"

"他好奇怪，对人总是冷冷的，我有点怕他。"

"你有点怕他？可是我怎么觉得你有点喜欢他呢？"

旺仔这么说，心里却是酸酸的。

女孩的脸红了。

"我觉得他很有型，你不觉得么，他专注看古董的样子，很讨人喜欢呢。"

"那你要再主动一点啊，要不要我帮你说说。"

女孩沉默了一会，缓缓地说："要不你先把我家的那块瓷板拿去，给他看看再说。"

六

老人从沉思中醒来，拍卖场上已经拍到了那件瓷板，果然一开始就引起了场上的激烈争夺。当拍卖师刚刚报出起拍价六千港币的时候，场上一个人就急不可待地喊了声，六万，我出六万。

于是价格一下子被带到六万元，这只是开始。周围立刻有人继续加价，八万、十万、十五万、二十万……价格飞速上涨。

老人身边的女孩非常兴奋，也许是第一次参加拍卖，竟然有些手足无措，也准备迅速举牌加入战团。

一只苍老而有力的手按住了她手上的竞投号牌："等等，再等等看，不着急。"

"可是，价格已经被抬到这么高了，还不举？"

"不用怕，"老人的脸上突然浮现出一抹神秘的笑容，"这件东西有一个致命的瑕疵，我相信真正的高手是能看出来的，价格不会高到离谱，你放心。"

"什么，这件拍品有瑕疵？我仔细看过，没有啊，东西很完整！"

果然，当叫价到三十万港币以后，许多人退出战团。当叫价到五十万左右的时候，场上出现了僵持局面。仅存的两个出价人都犹犹豫豫，想加价又拿不定主意，价格五千五千地向上增加，但很迟缓。

这时候，老人突然夺过女孩的号牌，坚定地高高举起手臂，朗声说："我再加十万，六十万！"

这突然的举动让场上其他人错愕不已，一时无人敢再加价，六十万落锤，老人买到了这件观音瓷板。

散场时，女孩跟在老人后面，听到有人在旁边议论："那件东西有毛病啊，复过窑，怎么还卖六十万？"

"谁知道啊，也许买的人没看出来，管它呢，谁买谁知道。"

女孩有点着急，拉住老人的手说："咱们可没说定合伙买呢。再说，东西不是有毛病么，到底算谁的？"

老人微笑着回答："如果你不要，那就算我的，我现在就可以付钱。"

"我没说不要啊，我是帮别人买的，你等等，我打个电话啊！"

老人在拍卖厅外的休息厅喝咖啡，女孩站在不远处打电话，一会儿走过来说："我妈妈说了，东西有毛病她知道，但是她还要！"

"你是替你妈妈买的这件东西？"

"是啊，妈妈说，这件东西对她很有意义，她希望无论如何也买回去收藏。"

"你妈妈姓什么？"

"她姓杨。"

"哦，杨小姐，"老人的脸上又浮现出神秘的表情，"你和你妈妈说一声，有位姓华的叔叔替她举下了这个瓷板。他希望能借来观赏一晚，明天送还，你问她答不答应？"

"您，您认识我妈妈？"

"你就问吧。"

七

女孩交钱取了瓷板，开车送老人回下榻的酒店。

在车上，老人一直沉默不语，女孩有些奇怪。

"真想不到，妈妈竟然同意了。你认识我妈妈？另外，这个瓷板到底有什么毛病，你能告诉我吗？难道它不是成化年烧造的，真的只是一个民国时期的仿品？"

"小朋友，你能不能开开车窗，我胸口有点闷。"

车窗摇了下来，女孩看到老人的脸色不太好。

"您是不是累了？这拍卖场一天下来，我们年轻人都吃不消。"

"没事，小朋友，我告诉你，这个瓷板确实是成化年烧造的，没有问题。"

"那你怎么说有瑕疵呢？另外，我听有人说这件瓷板复过窑，是怎么回事？"

"其实没有瑕疵，我刚刚又看过，是一件完美的艺术品啊。"

车到了酒店，女孩不肯走。

"我请您吃个饭吧。"

"谢谢，不用了，我有点累，吃不下东西，我们就在大堂坐坐吧。你正好把你的姓名电话写张字条给我，我明天给你打电话把瓷板取走。"

女孩到前台借纸写电话，老人坐在大堂沙发上，打开瓷板的包装，那幅青花绘就的观音形象映入眼帘。抚摸着观音柔美慈祥的面颊，老人的思绪跳回到几十年前。

那一天，当旺仔把从写字楼女孩家拿来的瓷板放到华仔面前的时候，华仔愣住了。

"怎么会这样？"

"是啊，我也很遗憾，这么漂亮的观音瓷板，怎么偏偏观音面颊的地方破掉了一块，眉目都看不清楚了。"

果然，在这件青花瓷板的中央部位，观音的面颊处有一处磕伤，面目完全看不清楚了。

华仔忍不住感叹："多可惜，这是一件明代成化年间的青花瓷板，画工非常古雅飘逸，是一件难得的收藏品。不知为何，造化弄人啊。"

"那个女孩也这样说，她经常来咱们店逛逛，觉得你是个瓷器高手，也许有办法把这件瓷板修好呢。"

"就是对面写字楼里的那个女孩？"

"是啊，她姓杨，杨小姐。"

"你不是喜欢她么？旺仔！因为你喜欢她，所以把这件破烂瓷板高价买回来了？"

"华仔，你怎么能这么说，你不也说这是件年代难得的瓷器么？"

旺仔有些恼火。

"我是说年代难得，可这是破的啊，生意归生意，别忘了这个店我说了算。这个瓷板我不要，你给我退回去。"

"不退，这个瓷板我要了。你不喜欢，我把钱给你，算我个人的收藏！"

两个人为了瓷板，闹了不愉快。

"这样吧，瓷板留在这，我自己想办法修，修不好，你再找那女孩来，我当面退给她！"

虽是命令式的口气，华仔却退了一步，旺仔也不好说什么了。

八

瓷板留在店里，旺仔以为华仔不会在意它，却不知道，华仔其实早已对它着了迷。

旺仔发现，华仔买了宣纸、毛笔、墨水，没事的时候，就趴在桌子边，在纸上临摹这件瓷板上的观音形象。

衣褶、飘带、手势、器物，包括周围的云水与竹林，都可以临摹得惟妙惟肖。旺仔从来不知道，原来华仔的绘画功底这么高超。

只是那观音的面目，又从何处而来呢？

有一天，华仔正在临摹的时候，杨小姐正好逛店进来。

"啊呀，你在临摹我的瓷板！"她叫起来。

华仔有些惊慌地抬起头，在杨小姐的印象中，这是第一次看到他如此慌乱，而且，脸瞬间红了起来。

"杨小姐，我在试着修复这个瓷板。你看，如果我能先用瓷粉将磕伤部分填平，然后再用钴料把已经缺失的图像补上，复罩低温釉，在低温窑炉中烧一次。虽然与原先高温釉的部分有区别，颜色也有些差异，但却可以从总体上达到一致，对这件古代艺术品也许是个挽救呢。"

"你说的太深奥了，我听不懂。只是有一个问题，那观音的面部，你知道怎么画吗？"

"还不知道如何表现，明代瓷器上的观音图像资料很难找到，我还在摸索。"

"为什么不画我呢？"她甜甜一笑，"你把我画上去，再卖给我，我多开心啊！"

华仔的脸更红了："这，这可以么，这可是观音的形象！"

"观音是渡世而来的，难道不可以幻化成人间少女的形象么？"

"这，这倒是个有意思的事情。那么，我，我试试吧。"

九

瓷板画好，送去台湾朋友瓷炉内复烧，还没有烧成，有一天杨小姐突然找到华仔店里来。

"我有急事，要回大陆一趟，瓷板的事，先放放吧。"

"出了什么事情？"

"母亲当时带我出来，父亲没出来。如今听说遭到批斗，身患重病，无论如何，要回去看他。"

"国内现在很乱，你这样很危险！"

"顾不了许多了。"

杨小姐从写字楼请辞，匆匆走了。从此，旺仔每天早上开门总觉得无精打采，还是习惯性地常往对面的写字楼看看，却再也见不到那抹靓丽的风景。

半年之后，瓷板送来。华仔打开一看，美目慈祥，笑容柔和，竟真仿佛她的样子。

只是人已别离，燕子飞去无消息。

有时候，旺仔忍不住数落华仔："你这个人比我还闷，喜欢一个人就是喜欢，为什么要故意装作不喜欢。既然喜欢了，就要勇敢地和她在一起，为什么又要躲着？"

华仔苦笑。对于瓷器，他有充分的自信。可是对于女人，他们兄弟俩一个样，不知道是自卑还是内向，总是说不出口，迈不开步。

人走了，连联系方式也没有留下。何况，那个年代的大陆，就算留下了联系方式，又岂是那么容易可以找到人的？

只有将瓷板做成挂屏，悬挂在书房内，朝夕相对。

每当夕阳西去，一抹余光洒进窗棂，带走一片怀念青春的目光。

二十世纪七十年代末到八十年代，由于大陆的封闭环境和香港的特殊位置，香港逐渐成为东西方古董艺术品的交流中心，华仔和旺仔的生意也是愈来愈旺。

几年过去，华仔生意成功，厌倦了这个行业的浮华与劳累，决定将店面及大部分古董留给旺仔经营。自己抽去股份资金，移民加州，去过新的生活。

"这瓷板，你不带走吗？"旺仔问他。

"带走？又有何用？"华仔反问旺仔。

他身在古董业数十年，历经沉浮悲欢，早已看淡一切。带走一张肖像，徒惹无用的挂念，不如将一切留在这里，留在如风往事之中。

华仔走了，一去数年无消息。

从此，旺仔继承了两人的古董产业，渐渐成为港岛最资深的瓷器专家，一生只与瓷器为伍，不曾婚娶。直到去世，留下大批珍贵古瓷，付诸拍卖，震动业界。

十

几十年过去，今天在酒店里，老人终得再次与瓷板单独共处。当年朝夕共处的兄弟已经先自己辞世而去，身后古董零落四散。如今，与这件最难忘的瓷板重新团聚，不得不说是命运安排的奇妙缘分。

想不到的是，瓷板在这里，瓷画中的人竟然也要出现了。那个女孩的母亲真的是她么？她现在生活得怎样？为什么又回到这个地方？

心中的疑问虽多，却没有多余的力气去费心追索。何况，红颜白发，岁月变迁，就算再见，也肯定不是当初画中的模样。

迟暮岁月，见或不见，其实都已云淡风轻。今天，实在累了，倦了。走不动路，说不出话，先不见了。

也许明天女孩过来，她的妈妈也会来？她会来吗？

房间里灯光昏暗，老人将瓷板放在桌上，看一看，摸一摸，又看一看，又摸一摸。

还是觉得胸口闷，身上有点发冷。把空调开到最大，用热水洗过脸，稍微舒服一点。看看表，九点不到，早点睡吧。

平躺在床上，脑海里浮现着拍卖场里那一堆堆的瓷器。梅瓶，大号的，小号的，珊瑚红的，祭红的，胭脂红的，宝石红的，粉青釉的，东青釉的，龙泉釉的，还有哥釉、官釉的。一件件，一排排，曾经我手，短暂拥有。

渐渐沉睡。半夜醒来，身上还冷，胸口还闷，起来小便，回到床边，打开灯看看，一点半。

灯下又看那件瓷板，观音端坐在云海之中，像是对他微笑，其实也不是对他一人，是对芸芸众生微笑吧。

观世音菩萨，有大慈悲，救度众生，脱离苦海，岂止因缘二字？因缘之事，来无征兆，去无挽留，如风如露，如光如电，若思若念。

第二天中午，服务生来打扫，发现叫不开老人的房间。到了下午，觉得情况有异，请示经理后，和保安一起打开房门，发现老人平静地躺在床上，只是身体已经凉了。

医生诊断，老人死于心肌梗塞，约在半夜三点钟于梦中辞世。

十一

服务生们在老人的身边发现了手机，里面有两个未接来电，显示是本港的号码。酒店经理把电话打回去，总是不在服务区，只好先报警，让警方来处理。

留在老人房间里的，除了行李，只有桌上那一件青花瓷板。瓷板上的观音形象端庄慈祥，却又仿佛一位出尘脱俗的翩翩美女。

酒店服务生们左看右看，谁也说不清它的年代。只是从旁边包装的锦盒以及贴在上面的拍卖标签来看，都觉得那一定是一件特别的古董。它的价值，只有等专家来看才能确认。

至于几十年前的那些相遇，那场大雨，那次写生，那片目光，也许已经没有人记得了。

五百年前的观音，五十年前换过了面庞，它所包含的故事，只有那个离去的人才知道了。

※　烟　壶

袁老太太有两件事最让我难忘。

第一件，是她吸鼻烟的样子。她将一个五彩斑斓的官窑烟壶托在掌上，用壶盖上的象牙小勺舀出一点带有异味的粉末来，装在一个只有半寸的玛瑙烟碟里，然后用她留得很长的小指指甲挑起一些，放到鼻孔下面，再闭上眼睛深深地吸进去。那一刻，她苍白脸上的所有皱纹几乎在瞬间平整了许多，人也变得年轻而美丽。眼角，却因这辛辣的刺激渗出淡淡的泪痕。

她那时的神情有一种说不出的怪异和哀伤。

第二件，是她诡秘的身世。

在我的小时候，所有街坊都对她的来历避而不谈。亲戚们总是让我躲着她，别搭理，不许我和她聊天。

可愈是这样，我愈加不甘心。

一

袁老太太住在后海附近的白米斜街，和我奶奶家只隔一条胡同。我认识她还是二十世纪八十年代初的事情，那时候我刚上初中。

老北京后海那地方寄宿着太多的前朝遗老。你碰到的每一个老人的记忆里，可能都藏着无穷无尽的故事。袁老太太曾经对我说，自打北京城解放以后，她就一直住在这里，有好多街坊都先后搬了家，她还住在这里。每年夏天的午后，她都会搬一把凳子，坐到胡同口的槐树下乘凉，我经常会从她的身边经过。

老太太人是老了，但是一点儿也不颓唐和臃肿。身材苗条，脸白白净净的，总像是扑了一层粉似的。她很爱干净，无论什么时候见到她，总是穿戴得整整齐齐，头发虽然白了，但也梳理得一丝不乱。她的手里，经常攥着一条洗得干干净净的手绢。这么一个爱干净的老太太，我实在想不明白为什么街坊们总是不太搭理她。

除了偶尔吸鼻烟，她还爱抽纸烟。可能是因为经过了"文革"的动荡，二十世纪八十年代的北京已经不容易买到好的鼻烟了。有，她也买不起。她的丈夫是个退休工人，没什么文化，也没多少退休工资。

老两口相依为命，有时她帮人家做点家务，或是小手工艺品，挣点闲钱。她的烟瘾很大，挣来的零钱，往往都拿来买烟抽了。

有一次，我偷了大舅的半包烟，拿去给她抽。她来了精神，在烟雾吞吐中，跟我聊了起来。她的声音听起来比面容看起来年轻，话茬子像流水似的，止都止不住。举手投足间，颇有一些民国女子的风情遗韵。

她告诉我，她以前特别喜欢闻鼻烟，还攒过不少名贵品种。问我知道什么叫鼻烟吗？我摇摇头。

鼻烟就是把优质的烟草研磨成极细的粉末，再用茉莉、木樨、麝香等名贵药材提炼而成，是一种特别好闻的东西。

烟味分五种：膻、糊、酸、豆、苦。吸鼻烟是从大清国开始流行起来的，上到皇亲贵戚，下到黎民百姓，一直到解放前都流行。最名贵的有"大金花"、"小金花"，传说是欧洲某国的商轮，满载烟叶，沉于海港。若干年后打捞出来，烟叶已经化为齑粉，味道淡而永，她年轻时都尝过。

我问她，您那个装鼻烟的小壶真是漂亮，能让我看看吗？她犹豫了一下，成是成，可是你还小，怕你打破了，只能我手拿着让你看看。说着从怀里掏出烟壶来，让我看。那时我只看懂是个陶瓷的小瓶子，上面画得是山水房屋，还有小人，小如蚂蚁的头，看不清楚，却真是精致。

袁老太太说，这可是大清国的官窑烟壶，十分罕见。说着就赶快收起来，生怕我打破似的。

我又问她，您这东西可是古董，以前我家也有几个。奶奶说属于"四旧"，"文革"时要没收的，我家的都上交了，您的怎么没有上交啊，您以前是干什么的？她一愣，随即冷笑道，你家大人没和你讲吗？我以前是做什么的，整条街的街坊谁不知道？

我说我真的不知道。她眨眨眼睛，反问我，你看我像干什么的？我猜说，您是卖烟壶卖古董的。她听了哈哈大笑，你这孩子，还真是老实，啥也不懂。

回到家，我忍不住问，袁老太太以前是干什么的？母亲变了脸色，问我是不是找她聊天去了？我点头，母亲生气地对父亲说，你看看这孩子，怎么教育都不听，找谁聊天不好，偏去找她。

父亲沉默不语，当晚却偷偷把我叫到一边。告诉我以后别再搭理她了，会被街坊们耻笑。犹豫了一下，又低声告诉我，听说这个老太太解放以前，是个妓女。

妓女？这是我刚刚从历史课本里知道的一个不干净的词。据说，那是旧社会的残渣余孽，是淫荡和罪恶的象征。我吃了一惊，整晚没有说话。

当天晚上做梦，还梦到她阴森森地朝我笑。手里拿着一个烟壶，口朝着我，好像一念咒语，就会冒出一道青烟，把我收了去。

二

第二天，我在路上见到袁老太太，不知不觉低了头，打声招呼就赶快走，我感觉她在冷笑。

这以后见到她，每每支吾两声，不敢再多聊什么。不到半年时间，我随父母搬了家，搬到北京城西去住了，大概有十几年没有和袁老太太见过面。

后来，随着社会的变化和自己的成长，我对一些观念发生了巨大的改变。渐渐知道，民国时期的妓女都很悲苦。我开始同情袁老太太，但是却没有想到，那个烟壶，又把我拉回到她的身边。

大学毕业后，我进入拍卖公司工作，主要负责征集流散在民间的珍贵古董，拿来拍卖。那时候，社会上肯拿古董出来拍卖的人还不多。一次筹集古代鼻烟壶专场的时候，我想到了袁老太太。

　　在我了解了相关的古董知识后才知道，她的那个官窑烟壶，确实是一件难得的珍品。如果能够征集来拍卖，肯定是这次专场中的一件重器。

　　抱着试一试的态度，我回到后海边上的小胡同里。真的没有想到，袁老太太还住在那里，而且很快认出了我。

　　跟她寒暄了一阵子，我才知道，她一直住在这里，生活没有太大变化，但是丈夫却已经去世了。

　　她家老先生在世的时候，是个扎嘴的闷葫芦。不爱说话，但是人很和气，对袁老太太也不错，家里的饭都是他做的。他经常一大早骑辆破自行车去后海边上的菜市场买菜，有时候还去新街口，去护国寺小吃店买些细皮点心回来，带给袁老太太吃。

　　两人无儿无女，相依为命。老先生去世以后，袁老太太明显苍老了很多。看起来也不那么干净精神了，甚至有点邋遢。

　　"你想从我这里征集那个官窑烟壶去拍卖？你还记得它什么样子吗？"袁老太太说话依然直爽。

　　"记得不太清楚了，能再看看吗？"

　　袁老太太不藏着掖着，非常痛快地拿出烟壶来给我看。我大概猜想得到，老人的生活孤独寂寞，对于别人的拜访和攀谈，她不觉得打扰，何况她是打小看着我长大的。

　　"啊，这果真是一件官窑烟壶，而且是乾隆年间的粉彩呢。"我惊叹道。

这个烟壶是陶瓷质地的，圆柱形。转动着去看，上面描绘的山水美景，细腻得不得了，瓷壶底下有款识——"乾隆年制"，楷书，写得规规矩矩，还带着方框。

"粉彩，我还是头一次听说，以前他们跟我说是五彩。你知道这上面画的是什么风景吗？"

"我认得，这烟壶上画的是著名的扬州十景，故宫里面有相似的藏品。你看，这是瘦西湖，这是何园，那是个园，那是大明寺……"我一一指给她看。

"看来你已经成为古董专家了。以前我也认识一个古董专家，不对，应该说是一个古董商。不过，那是解放前的事了。"

"您这个烟壶，就是他卖给您的？"

"不是，这个烟壶的故事，可还多着呢。我老了，总想找人聊聊以前的事，你想听吗？"

我看了看她，她也看了看我，我发现她的脸上看起来没有什么特殊的表情，但是眼神里却有一抹遥远的哀伤。这是一个衰老的，已经到了风烛残年的老人。在我来之前，可能已经很久没有和人说过话了，也许她真的想要讲一讲自己年轻时候的故事。

长辈们曾经告诉我，她年轻的时候做过妓女。每个人心中都有一道暗伤，这个伤口不轻易对人显露，自己也不敢轻易碰触。总希望掩藏在最深的角落里，让岁月的青苔覆盖，不见阳光。可是，人总有老的时候，当她老到快要离开这个世界的时候，就算时光还没有变成一贴良药，也到了必须要暴露伤口的时候。

三

袁老太太已经记不得自己的真实年龄了，她的户口本上填的出生年月不准。那是解放后，脱离妓院，经介绍和袁老先生结婚时，随便算算填上的。经过了长年的战乱和政局的更替，很多人的生卒年月根本统计不清楚。

她只是约略说起，自己的童年穷苦，被家里交托给一位琴师学戏。刚刚可以唱上几句的时候，就被卖给了一家妓院，取名叫"如玉"。

妓院的悲苦，已经不堪回首。她记得，自己一开始不愿意接客，后来被掌班的逼迫，开始了皮肉生涯。她的青春年华，全是在妓院度过的。

若不是那一天赵二爷"叫条子"，让她遇到了小张，那么她平凡苦难的一生，也许将留不下任何美好的记忆。

"叫条子"是民国时期的俗语。那时有钱人家举行宴会，可以写张条子请来妓院年轻貌美的女子弹拉唱歌，陪酒作乐。"条子"指的是女艺人、高级妓女。她们陪客的收入很高，有钱的阔佬有时会一掷千金。

那时候，如玉年轻貌美，能歌善舞，请她陪席的人很多。京城著名的大古董商赵二爷，那日傍晚因为要大宴宾客，就打发徒弟小张，拿着他的条子，带着人力车夫去找掌班的，点名这一晚要如玉相陪。

掌班的颇为踌躇，因为如玉这一晚也有另一家约请，是一家金店的少东家。可是赵二爷的面子怎么敢驳，只好悄悄拜托小张帮忙掌握时间，让如玉辛苦点，一晚上赶两个场子，先陪了赵二爷，再陪少东家。

小张来到妓院，心就直跳。他以前陪客人来过这里，也见过一些妓女，但是他毕竟还年轻，也没有娶媳妇，来到这里，总是觉得特别紧张。

如玉见到小张，脸上一红，她第一眼就喜欢上他了。她那年不过十七八岁，虽然早早堕入风尘，却从来没有相好过的男人。来这里的客人虽多，大多面目粗鄙、行为可憎，她还是第一次碰到自己看着顺眼的年轻人。

小张人长得白净斯文，身材结实挺拔，平时没什么话，脸上总是带着一点害羞的表情。看见如玉，脸更红了起来，低着头轻声细语地把赵二爷请她的原委约略说了。请她上车坐好，嘱咐车夫小心走路，自己掸掸身上的蓝布马褂，跟在车子旁边，一路迈着大步子，一点不比小跑着的人力车夫慢。

北京城那天风大，满街的土卷起来，小张常要去遮蔽脸面。如玉看他辛苦，有了点怜惜之心，却不知该不该，或是如何表达。

无意间看到小张腰间的荷包，口没系上，里面露出个翠绿的盖子，忍不住好奇和他搭话："哥，你这荷包口开了，小心里面的东西掉出来。"

"哦？"小张匆忙回头，两人四目相接，他的脸又红了。平时少有能和年轻女人说话的机会，何况这样的风尘女子，张口就叫哥。他慌忙去系荷包口的带子。

"这是什么？烟壶吗？我能看看吗？"

如玉平时接客，见到不少客人身上都带着烟壶。吸鼻烟从大清开始，一直到民国时期，几乎是全民普及的生活嗜好。

传说鼻烟壶是康熙皇帝发明的，当初国外的鼻烟多盛放于盒内，容易跑味，皇帝用起来总是有些不雅。有个机灵的小太监，把鼻烟装到了当时的小药瓶里。

清朝的小药瓶正好是小口大腹，不但不跑味，携带起来也十分方便。再后来，为了方便鼻烟的取出，又在盖上加了一个小勺，鼻烟壶由此诞生。

如玉在酒席宴上，经常见到客人互相交换把玩着彼此的烟壶。

小张犹豫了一下，把荷包解下来递了过去。如玉在车上坐稳当了，打开荷包，见是一个五彩斑斓的瓷烟壶，画着山水风景，甚是精致。

她在妓院时，也见有模印刀刻春宫图的鼻烟壶。当时身边有好几个妓女吸闻鼻烟，据说鼻烟中含有麝香成分可以起到避孕的作用。还有人偷偷告诉她，让她也赠送给客人闻鼻烟，那种鼻烟是用制作成本极低的模印鼻烟壶盛装，远不如小张这个看起来精巧漂亮。

"你这个烟壶可真漂亮！我从来没见过呢。"

"这是乾隆爷时候的，官窑烟壶。"

"你可真了不起，还有官窑烟壶，我从来只听过没见过呢。"

她忍不住多把玩了一会儿。偷偷看看小张，他紧张地老在擦汗。看来，他还是真在意这个烟壶呢。

"这上面画的是哪里的山水，还有题字。我不识字，这写的是什么？"

"画的是扬州，我的老家就在扬州。"

扬州？如玉以前听一个客人说过。那里的风景可美了，二十四桥明月夜，是不是就像是这壶上画的情景？

四

如玉跟着小张来到琉璃厂附近的赵府。赵二爷在宅院里大摆宴席，邀请中外的收藏家和古玩商吃饭。如玉进了宴席厅，向大家鞠了躬，赵二爷让她入座在自己和一个金发碧眼的洋人之间。小张站在她的椅子后面，那位洋人气派很大，看到如玉十分高兴，说声"Beautiful（真漂亮）！"大家没听懂，却都跟着笑了。

如玉有些紧张，不知所措，以为自己哪里失礼了。小张悄声说，人家说你漂亮呢。如玉这才心安，暗自惊讶，这么个俊小伙子还听得懂洋文，不觉又多喜欢两分。于是起身给洋人斟酒，请大家畅饮，然后说："今夜有幸参加赵二爷的宴席，请容许我弹唱一曲，为诸位老爷助兴。"

她怀抱琵琶，弹唱起来。从小和苏州的琴师学唱评弹，其声呜咽顿挫，如怨如慕，如泣如诉，听之让人心伤。赵二爷有些不高兴，着急地说："我请客吃饭，是为了让大家高兴，你怎么能唱这种哭死人的歌？"

没想到旁边的洋人却很高兴，用手势比划，那意思是说如玉唱得好，不要换，就唱这个。

如玉起身说："小女从小学的是南方曲调，可能各位大爷听不惯，小女给各位大爷赔罪了。"说着起身先给赵二爷倒酒。

赵二爷是京城有名的大古董商，专做洋人生意，经营的都是洋人喜欢的古董，比如石雕、青铜器、掐丝珐琅、烟壶等等。他平时学问不多，专指望看洋人脸色，见洋人开心，自己也就开心了。三杯酒下肚，再瞧如玉，粉嫩的小脸，真是年轻漂亮，尤其一双水汪汪的大眼睛，看得人心里直跳。不觉暗自盘算，准备酒席宴后，留下她来过夜。

谁想到吃饭饮酒正到高兴的时候，门口突然吵嚷起来。赵二爷脸色变了，挥手让小张出去看看，小张去了不多久就跑回来，把赵二爷拉了出去。

原来是曾经约过的金店少东家，在家里左等右等不来，到妓院打听，知道如玉是被赵家约走了，大发雷霆。先骂了妓院掌班的不守信用，又拉着妓院的人过来赵府闹事，非要把如玉接走。

赵二爷火了，怒气冲冲地说："这是当着中外客人，驳我的面子！我可不吃这套！钱我一个子不少付，既然人来了，就要酒席散了才能走！"

对方寸步不让，不敢揪赵二爷，过来揪着小张说，如玉又不是你家的，明明我们先约请好了，要去伺候我们，你凭什么半路抄近道？

赵二爷本已喝得半醉，闻言一拍桌子，踢了妓院跟班的一脚："你回去，回去问问你家掌班的，如玉现在身价多少钱？我替她赎身！人我是非留下不可了！"

五

袁老太太那年进了赵家的门,给赵二爷做四姨太。怎奈这赵二爷却是个无情无义的主儿,平时满脑子想的都是古董、赚钱,夜间惯于出去应酬,常常回来很晚。他有个怪癖,总是怀疑女人会趁他睡着了偷他的东西,不喜欢搂着女人睡觉。每次亲热完了,总要回自己的房里单独去睡。

如玉进门没两个月,热乎劲过了,就受了冷落。赵二爷给了一间屋子让她自己住着。

一天到晚没有事做,甚至没有什么人和她说话。这让从小就进入风月场,习惯了热闹的她,觉得非常不适应。

反而是小张,总是进进出出的,常能见到。本来就互有好感,聊得多了,从家事到每天的心情,无所不谈。

年龄相当,情投意合,渐渐眉来眼去。

小张帮着赵二爷操办烟壶生意。他们的烟壶主要卖给一些著名的京剧演员。当时戏剧界收藏烟壶的风气很浓,演员们在后台演戏之余,宴会酒酣之后,茶肆闲话之顷,总喜欢把自己搜罗到的珍贵烟壶出以示人。一边吸着鼻烟,一边津津乐道。小张就游走在他们之间,帮他们寻觅佳壶。

小张跟她说,自己认识很多戏剧界的名角,杨小楼、金少山都是知交,平时在前门外大栅栏的天蕙斋里装烟总能碰到,几次邀请他去看戏,可是他对京剧不是很懂。如玉说她最喜欢听京剧,央求着小张带她去一次。

终于有一次，南城的开明大戏院新开张，报纸上都登了，热闹得不得了。小张心动了，趁赵二爷不在家，悄悄带着如玉出门去听戏。

袁老太太说，她从小就爱听戏，但最早女人是不能进戏园子听戏的，要听戏只能去堂会。渐渐地，女人能够进园子听戏了，但是座位还是隔离的。戏台一般是三面楼，男人可以坐在楼下戏台的正面和右手边，女人只能坐在楼上或者楼下戏台的左手边，而且还要用一块大木板隔开。

开明大戏院带来了新风气。允许男女混坐，听戏的人也多了。她还是有些害怕，把头发包起来，戴帽子穿马褂，打扮成男人的样子，偷偷摸摸地和小张挤进戏院，一颗心兴奋紧张地怦怦直跳。

那一天，正好是新红起来的女伶新艳秋的演出，观众爆棚，唱的是程派的剧目《碧玉簪》。

在人们连番叫好的热闹气氛里，她听得如痴如醉。

有一段是张玉贞的唱词，令她听后落了泪，唱词道：

"母亲何必来埋怨，女儿言来叙根源；自知无福成佳眷，命注姻缘敢怨天？嫁夫只得随夫转，苦苦相留也是枉然！未知何日重相见——"

小张见她用袖子擦眼睛，忍不住叹道："赵二爷平素冷落你，也不能怪他。他满脑子都是洋人的生意，或者哪个墓葬里盗出的古董，怎么顾得上你呢？"

"我本就是堕入风尘的人，这样冷落，也总比每天受人欺负好。"

她擦了泪，还是止不住悲伤，呜呜咽咽地哭了，忍不住把头枕在小张的肩上。小张悄悄揽住她的腰，顺势在她微有泪痕的脸颊上亲了一下。

　　戏散场，人群呼啦啦向外散去。叫不到人力车，她就和小张一起步行回赵府。那是初夏的傍晚，南城的天空晴朗得能够分辨不同的星星，两个人不知什么时候在袍袖下面悄悄牵起了手，惹得旁边一个路过的人力车夫不停转回头来张望。

　　"你看，有人一直看我们呢。"她有些不好意思地说。

　　"那是因为你是男人打扮，那个车夫可能好奇，两个男人在街上怎么拉着手呢？"

　　她也忍不住扑哧笑了，小张啊小张，看你平时蔫蔫的，说起话来还是蛮好玩的。

　　他们漫无边际地聊着天，聊着戏院内外的种种故事。后来，又聊到了小张随身佩戴的那个烟壶。

　　小张说，这只官窑烟壶，原来属于京城一个世家子弟的，他家代代相传。后来大清国灭亡，家族败落，后人不识价值，放在早市上贱卖，被他捡了个"大漏"。自己买了，跟师傅也没多说，就一直带在身上。

　　如玉说："我来二爷家以后，见到不少古董，什么翡翠玛瑙、瓷器、铜器，可是不知道为什么，老是觉着它们都不如你这个烟壶。"

　　也许，那是她见过的第一件古董，所以才念念不忘。

　　"你真的喜欢这个烟壶么？"

　　"当然了，每次见到你，都想借来玩呢！"

　　"这个烟壶，我送给你了。"小张很郑重地解下荷包，塞到她的手里。

"这……"她何尝不知道他的心意，可是，她怎么敢收呢？

"让二爷知道还了得？你自己带着吧，反正我要玩，总是能找你借来玩的。我一个女人家，又不曾吸鼻烟，拿着它有什么用呢？"

"你要试试吸鼻烟吗？天蕙斋的老板特别照顾我，把大清朝时葡萄牙国进贡留存下来的鼻烟卖给我，吸起来很受用。先放在你那里，吸完了再还给我，我再给你装。"

当晚，她第一次吸了鼻烟。小张教她，用鼻烟勺从壶内取出一小撮鼻烟，只有绿豆那么大一点，然后把拇指和食指夹紧，虎口那儿会凸起来，把鼻烟放在这个凸起的部位。用一个鼻孔靠近这一堆鼻烟，似贴非贴的，然后用比自然呼吸稍微大的力，吸到鼻腔之中。

一开始她吸不好，呛得直咳嗽。不过很快就适应了，吸了以后，耳聪目明，精神特别愉快。以后渐渐发展到每天都要吸，不吸就睡不着觉。吸鼻烟之前，她往往会闭目靠在炕上，选一个最舒坦的姿势，享受鼻烟的味道和冲击。

有一次，小张偷偷过来，潜入她的房中。在她刚吸进鼻烟闭目沉醉的时候，从背后抱住她，感受着她身上发出的混合着鼻烟和香粉的味道。她没有抗拒，反手去抚摸他的脸，享受这片刻忘记一切的欢愉。

有缘的人，无论相隔多远，哪怕是千山万水，一只烟壶，也会把他们聚在一起。

六

小张是个很会讨女人喜欢的小伙子，他的优点，一是大方，二是体贴。

无论如玉想要什么，只要是他能力范围许可的，他总会想办法让她得到，可是又不能让赵二爷知道。

有一次，她说想去天津玩玩。可是那时候去天津，一天时间是回不来的。她一个有夫之妇，怎么可能离家出走？

小张想了一个办法。赵二爷去外地做生意，他让她一大早拉着家里的女佣人出去逛街，趁佣人不备躲起来。他去警局报失踪，搞得大家都出门寻找。下午他偷偷到她藏身的地方来接她，带她上了火车，到天津玩了一天回来。后来谎称是在水沟里跌倒昏迷了，被好心的居民发现收留，第二天才清醒过来。

家里人虽然有些疑惑，但毕竟赵二爷不在，也没发生什么大事，居然顺利隐瞒了过去。

他也会在做生意的时候，顺便悄悄带她去天蕙斋转转，那里成为他们经常秘密约会的地方。

那时的天蕙斋门面不大，但是日日宾客盈门，络绎不绝，生意十分兴旺。这里的鼻烟质量在北京城是最高的，特别讲究好料、细制。天蕙斋的鼻烟从品种上大概分为十级。一级叫高万馨露，二级叫万馨露，以后分为万鲜露、万蕊露、万花露等十级。一两高万馨露鼻烟，在当时相当于一大袋洋面粉的价钱。

小张会用自己背着赵二爷做生意偷偷攒下来的钱，给如玉买最好的鼻烟。

那时候能闻用高档鼻烟者，多为前清遗老遗少和官僚、富商、社会名流，梨园界的很多名角也都和天蕙斋鼻烟铺的关系密切。如玉在那里，常常把自己打扮成阔太太，和那些名流偶尔搭几句话，也让她感到莫名的虚荣和满足。

可是每次小张走了以后，她又会觉得恍惚。世相迷离，她觉得自己的命运卑贱，早已经在如烟世海里丢失了自己。那么小张的出现，也许只是像鼻烟一样，带给她短暂的欢愉。她甚至有些不能确定，他是否真的喜欢自己，还是只与她逢场作戏，从中取乐？

这就像是戏院里名角们的戏，你在这场戏中扮演的那个我，我在那场戏里扮演的这个你。

她斜靠在炕上，在灯下反复把玩着小张送给她的这个精巧秀丽的官窑烟壶，慨叹自己的命运，也许尚不如一件器物被人珍重。

七

听袁老太太讲到这里，我已经完全知道了这个烟壶的来历，但是我忍不住想问她：小张后来去哪里了？赵二爷又去哪里了？因为袁老太太的丈夫明明姓袁啊！

袁老太太看出了我的疑惑，她反问我，如果这是个故事，让你来编剧的话，你会怎么编这个故事的结局呢？

我想了想说，按照我以前听说过的类似事情，这种事情，最后总是会被东家发现的。发现了，就很不好了。

她说是的，那年秋天，他们已经黏在一起，渐渐不能分开。周围开始有了觉察和议论，议论的声音，似乎已经让赵二爷知道了。

他们决定一起逃走。

已经约定私奔的日子，不知道为什么，那一天本该在外面做生意的赵二爷却突然回了家。他找了个机会悄悄告诉她，让她在赵二爷睡着以后，带着早已收拾好的细软到天蕙斋的门口和他相会。

那天晚上，总是有种慌慌的感觉弥漫在她心里。出门前，她把装着烟壶和几件珠宝的荷包缝在贴身的衣服里，又戴了一顶男人的帽子，就像平时看戏的样子。

外面的风很大，街道上到处是吹落的树叶。夜色冰凉如水，附近的道路上没有几个行人。从琉璃厂到大栅栏这短短的一段路，让她走得呼呼直喘。很快到了天蕙斋的门口，她愣住了，这里大门紧闭，门口没有一个人，当然也不见他的踪影。

他为什么没来？

她的头晕晕的，开始有些焦虑，继而恐慌。最终，甚至出乎她意料的是，她居然又渐渐地恢复了平静。

她坐在天蕙斋门口的台阶上，摘下帽子，让风完全吹走了内心的期盼。

他没来，这甚至不能算是个意外。其实，出门时那种潜意识的慌乱已经告诉她，在她内心深处，从来不觉得他是那么可靠。

在她短暂的青春时光里，被出卖已经不仅仅是一次两次了。

如果说难过，那也只是对未来的迷茫。

流年似水，太过匆匆。一些故事还来不及真正开始，就被写成了昨天。

天亮的时候，她不知该往哪里去，似乎是在一种潜意识的指挥下，竟然走回了赵家。

当她推开自己的卧房门，看见赵二爷正卧在她的炕上抽着大烟。旁边伺候他点烟泡的却不是平时的丫鬟，而是两个凶狠的男仆人。

他们正在等她呢。

她甚至已经记不清自己是如何遭受毒打和侮辱的，只隐约知道小张偷拿了柜上的银子自己跑路的消息。赵二爷狠狠地唾骂着，声称如果抓到他，要亲手把他从前门楼子上扔下去，但是最终也没有抓到。

而她，又被狠心的赵二爷卖回原来的妓院。妓院掌班死活不肯付出原来的卖价，终于让赵二爷赔了钱。

都以为她会惦记着小张，会哭会闹，谁知道并没有。她很快就重新接客了，一开始掌班的派人看着她，怕她会找机会逃跑，结果发现她根本不想逃跑。

只是有一样，她多了吸鼻烟的嗜好，而且喜欢收集烟壶。客人谁有好的鼻烟带给她，或是送她一个特别的烟壶，她就会眉开眼笑，服务得特别周到。

我问她，后来有没有小张的消息，她说没有。她也不怨恨他，她从妓院里出来，又回到妓院，这便是她的青春。

一程山水，一个路人，一段故事，离去之时，谁也不必给谁交代，既然注定要分开。

八

我很感谢袁老太太对我的信任，愿意和我聊天，讲她埋藏在心底的一些隐秘的往事。也许，这些事情在解放后她嫁给老实本分的袁老先生的时候，都没有和他讲过。但是，对于外人，没有那么多的负担和顾忌，那可以是一种心灵上的解脱。

我跟袁老太太说，没有想到，这个烟壶里面有这么多的故事。我现在不能从您这里征集了，它里面的回忆太沉重，我拿不动。您好好保存着它，以后我有机会就来找您，陪您聊聊天，或者再看看这个烟壶。直到您心里完全不想要它的时候，我再拿吧。

袁老太太说，你这小伙子还挺懂人情世故。是啊，这个烟壶确实还没有到离开我的时候，我们的缘分还没有尽呢！你看，我现在也没有什么其它的烟壶了。原来有的几个烟壶后来都丢失了，只剩这一个用来装鼻烟，我还得闻鼻烟呢，我离不开它。如果它也和你有缘的话，你早晚会得到它，现在不用着急。欢迎你没事时来陪我聊聊天，毕竟是老邻居了。

那一天告辞以后，我在路上一直回想着她的故事。在我的工作中，接触的每一件古玩，都有它自己独特的故事，但是像袁老太太的烟壶那样，能被人知道的，恐怕也不会很多了。

工作的忙碌和奔波，让我平时也常常忘记她。我只记得她很老了，后来有时给我打个电话，说话也常常颠三倒四，含混不清。

去年，她给我打过一个电话，问我对那个烟壶还有没有兴趣。我想她可能是觉得自己活不了太久，真的想把烟壶卖掉，才又想到请我去看。那时我正好在国外出差忙碌，再加上那年烟壶的行情不好，我们也没有相关的专场推出，这样一忙就把烟壶的事情搁下了。

袁老太太去世的消息，是一个亲戚告诉我的。当我得知的时候，她已经去世几个月了。袁老太太没有子女，房产和部分私人物品给了袁老先生的一个关系比较近的亲戚。这时候我才后悔想寻找那个烟壶的下落，可是却已经不见踪影了。

以后每当有老人找到拍卖公司送古董拍品，其中有他们收藏的烟壶的时候，我都会想起袁老太太和她的烟壶来。

在我的脑海里，总是出现那样一个民国女人的样子。端坐在那里，将一个五彩斑斓的官窑烟壶托在掌上，用壶盖上的象牙小勺舀出一点带有异味的粉末来，然后用留得很长的小指指甲挑起一些，放到鼻孔下面，再闭上眼睛深深地吸进去。

那一刻，如果你观察她的眼角，总是会渗出一些淡淡的泪痕。

第三折

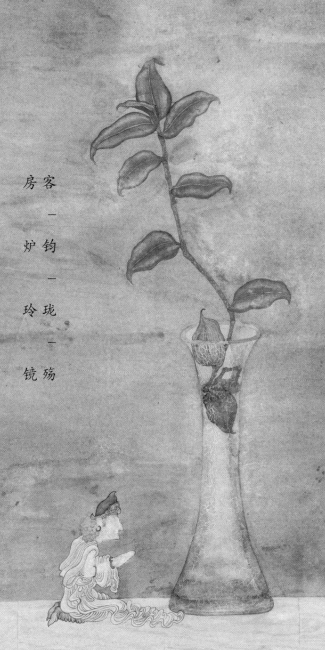

房 客　一炉玲珑镜
客 一钧一珑一殇

她真的很想知道，有关他的消息。

※　房　客

为什么悄悄爱上他?

第一次见面是在酒店拍卖预展厅门口。那天搬来一架巨大的黑色古董钢琴,他们说那是即将拍卖的拍品,允许具有钢琴演奏技巧的买家试弹。他上去弹了一曲,有些灰白的头发甩起来漂亮,手指长而有力,那一小段练习曲,弹得潇洒极了。她刚好经过,在他旁边站着。

一

她三次经过1804房的门口,见"请勿打扰"灯熄灭了,敲门不应,左右无人。于是故作轻松地掏出打扫工用的房卡,刷开房门,悄悄地闪了进来。

房间拉着窗帘,很黑,没有他的声音,但存留着他的味道。浴室刚用过不久，牙具沾着水滴，被褥凌乱，半杯咖啡在桌上，烟缸里的灰烬还有余温。她脱掉鞋，脚背苍白，走向窗前，拉开窗帘，清早的阳光扑在脸上，发丝微乱，闭上眼睛，在意识中捕捉他曾经站在这里的样子。

他不在，一定是去了拍卖场，这是一家市中心的著名酒店，每季举行多场艺术品拍卖会，他是每场必到的买家。而她，是这家酒店的一个年轻员工。

每个人心中或多或少都会预设出一见钟情的恋人可能出现的时间地点，存在幻想里，这个人也许永远不会出现。可是对她来说，他为什么就这样出现了？她悄悄地跟踪他，记得他的房间号。她违反酒店规定，利用职权取得房卡，大胆潜入进来，想窥探他的生活。

桌上有些什么特别的东西？两包烟，充电器和笔记本电脑，还有很多拍卖图录，都是这家酒店客房里常见的物品。

一个透明的圆筒形盒子引起她的注意，贴着似乎像法文的标签，里面装满了一种小块的咖啡色食品，像是饼干，又像是糖。

不可以乱动客人的东西，这是酒店对员工的规矩。可是，在她这一刻的精神世界里，已经把自己想象成这个房间的女主人。

很随意地打开那个盒子，用手指拈出一枚，用舌尖舔舔，甜的，放进嘴里，酥的。

这一定是他喜欢的味道，很特别的糖，她一尝就喜欢上了，从此也是她喜欢的味道。

吃了他一枚糖，神不知鬼不觉，她觉得很好玩。光着脚在地毯上转了两圈，在他躺过的被褥上靠一会儿。翻翻他床头的画册，那里面的作品尽是些华丽的浪漫，有些则又透出沉郁的孤独。她看得入迷，记住了画册的作者，叫作"林风眠"。

一小时后，她从容地离开。

她确信，当真正的清洁工打扫房间之后，她来过的一切证据都将被销毁。

她来到楼下的拍卖厅，那里正在拍卖古董字画，她看到他很认真地拿着拍卖图录和竞投号牌坐在会场里。她在这里多年了，每天在门口看一看，也都明白拍卖是怎么回事。她看到此刻竞投屏幕上投映的是一幅画，蓝色的鸢尾花，很漂亮，配得上挂在他的房间里。

二

以后每一季拍卖，她都会看到他。

她看到他风尘仆仆地办理入住手续，看到他兴致勃勃地观看拍卖预展，看到他热情地和拍卖公司的业务人员们打招呼，似乎和很多人都很熟。

她看到他总是独自一人出现在拍卖场上，似乎没有生意上的伙伴和朋友，看到他总是参与林风眠作品的竞拍，偶尔得手，但大多数时候总是因为价高而放弃。

她每次都会找机会，趁他不在的时候偷偷进入他的房间看看。

总是看到那一盒特殊的糖，总是摆在固定的一个位置。渐渐地，她从那盒糖里获得一种稳定的占有感，她总是忍不住偷偷地尝上一块，渐渐成了习惯。

有一次，她和他相遇在拍卖场门口的取水处，他显然正在无事休息的状态，因为距离近，主动和她搭上话。

"吴冠中的画大概几点拍到？"

他把她当成了拍卖公司的人员。

"差不多三点半吧。"她故作轻松地回答，虽然不是拍卖公司的人员，但这么多年关注拍卖看下来，尤其又因为他的关系，其实已经很熟悉拍卖场次和重点作品的安排了。

"哦，谢谢啊。"他没有很认真地看她一眼，放下水杯又到别的展厅看预展去了。

这年冬天拍卖的时候，雪下得特别大，又碰到这座城市举行一些重要的政治活动，客人来得很少。有些来晚的客人一直在抱怨交通延误的问题，他也没有来，她悄悄去客房登记处查过了，没有他的名字。

她只有静静地站在酒店会议中心展厅外的走廊上，看着窗外的街道。车一辆辆地几乎停在马路上，移动缓慢，雪把城市锁住了，也锁住了远方的消息。

第二年春暖花开，拍卖的时候又见到他了。几次擦肩而过，终于又一次在取水处碰到，他又不经意地跟她搭上话。

"吴冠中的作品最近好贵啊，涨得厉害。"

这次他是把她当成了买家。

"你不是喜欢林风眠吗？"她依然故作平静地回答。

"啊？你怎么知道？你是？"他惊讶地抬起头，很认真地看着她，似乎在记忆里搜寻着这个买家的姓名。可是，搜寻不到。

她淡淡地笑了笑，离开了。

晚上，她看到他打车出去，手上还提着另一家拍卖公司的图录。她知道他短时间回不来，又潜入了他的房间。

奇怪，那盒糖呢？这次桌上没有出现那个塑料盒子，他没有把糖带来。

她不甘心，看他的箱子没有上锁，就悄悄打开，箱子里也没有。她空躺在他的床上，感觉不对劲，没有那块糖在嘴里，她似乎觉得他有些陌生了。

终于连续有几次，他都没有在拍卖时出现了，她肯定他没有来。她无数次在预展和拍卖时在展厅门口进进出出，尤其是在拍卖林风眠作品的时候，都没有见到他。

他病了？破产了？一定有原因。她觉得自己了解他，他不会无缘无故不来的。一个人对拍卖和收藏上了瘾，就像精神鸦片一样，不可能轻易放弃，除非有什么万不得已的原因。

她心里慌慌张张地，真的想知道这究竟是为什么？

她开始和拍卖公司的一些业务人员搭话，慢慢混熟点，跟他们打探："听说很多人喜欢林风眠啊？"

"喜欢的当然很多，可是能买得起的人不多，很贵呢！"

"我以前常看到一个灰白色长头发的男人在拍卖场里举林风眠。"

"是吗？这你都看到了？厉害啊，你是这个酒店的老员工了吧？"

"可是最近没有看到他了。"

"是啊，他是我们的老客人了，听说最近家里有些事情，已经好几次拍卖没有见到他了。"

拍卖公司的人对客户的信息都比较敏感谨慎，说了这些已经有点后悔，迅速地走开了。

家里有点事情？是什么事情？

她真的很想知道，有关他的消息。

三

其实，也没有什么惊天动地的大事，他只是刚刚办过无奈的离婚手续。一对少年成婚的人到了中年，假如又各自忙碌得有些成就，需要有多少智慧才能避免婚姻问题的出现？

他觉得疲惫，想休息一段时间，他那半生不合时宜的孤独性格，与他的偶像林风眠有些相似。

林风眠的故事他已经很熟悉。一九二三年，林风眠在法国学画待得有些厌倦的时候，和好友李金发、林文铮去了德国，在那里认识了一位叫罗达的小姐，竟然一见钟情。虽然语言不通，却能够用字典开始频繁的交流，彼此相爱日深，最后一起返回巴黎结婚生子。而后不到一年，妻子死于难产，这短暂浪漫而又沉郁的爱情，影响了他的一生。

八十年后在巴黎生活的他，一生都是林风眠的崇拜者，为收藏他的作品几乎倾尽所有。更重要的是，他的妻子也和林风眠的第二任妻子爱丽丝一样都是法国人，而他们也同样貌合神离、聚少离多。

他常年往返巴黎——北京——上海——香港之间，做着他的油画和古董生意。他习惯享受单身旅行的乐趣，享受拍卖场上的喧嚣和竞争心爱之物的快感。他常年在旅行箱里放着捷克作家赫拉巴尔的那本《过于喧嚣的孤独》，他喜欢这样的标题，这是一本陪伴了他无数寂寞时光的读物。

唯一寄托着他对妻子思念的物品是一盒法国第戎城外一个小镇生产的一种巧克力糖，那是他们结婚时收到的礼物，他的妻子非常喜欢。他每次回法国总会习惯性地买上一盒，带在身边，时不时吃上一块。他觉得，这糖不够甜，甚至因为里面加了咖啡的原因，还有点苦，他不是很喜欢。但是，他已经吃得很习惯，那是她的滋味。

吃得习惯的滋味也有别人不肯提供的时候，他们的婚姻终于因聚少离多走到了尽头。最近在北京的拍卖，他也觉得很不顺利，不仅画价高涨，自己喜欢的作品渐渐无力购买，而且，一种不安全感开始出现。

无论他走到哪里，只要是在饭店中，他经常觉得自己在被跟踪，虽然从来没有发现实际的跟踪者，但是他的心渐渐不能安定。

就连客房也变得让他生疑。明明有一次，他记得随身携带的盒子里装着五块糖，可是回去吃的时候，突然就变成了四块。他是个对数字记忆能力极强极敏感的人，虽然只是一块糖说不清道不明的消失，也让他渐渐心怀恐惧。

也许，这只是因为自己心情变坏而产生的焦虑型强迫症吧，突然对熟悉的环境产生陌生的幻觉。他决定休息一段时间，把生意放一放，他给自己制定了时间表，准备两年的时间不离开法国，他学着画画，种葡萄，钓鱼，过起半隐居乡下的生活。

他当然不会知道，在遥远的北京，那个给他制造了潜意识里威胁感觉的人，正在等他。

她决定再看到他的时候，一定要大胆地走上去，跟他说出所有她心里想说的话。

那年秋拍，她发现拍品中又出现一张林风眠的蓝色鸢尾花，是版画，估价不高。她想把这幅画买下来，挂在自己的房间里，她希望有一天他也会走进她的房间，看到这幅画。

他会说什么呢？他会喜欢这幅画吗？在他沉郁而悠远的眼神里，能看到她像这些花一样摇曳吗？

她渴望他回来，就像是一个孩子渴望着糖的滋味。

※ 炉 钧

那种颜色我只知道在瓷器中有，叫炉钧。一种雍正时期的官窑釉色，美得让人心冻住，化开时已如秋天的高粱地漫红不可收拾。

得知沈小姐准备出让她的瓷器，我即刻赶到上海。那天冷雨淅沥，梧桐叶纷纷飘落，我从浦东喧闹的机场乘车来到浦西幽深的弄堂，穿过淮海路东湖路到达长乐路那所小洋房门口。那一天，对我来说，其实一晃已经二十年。

一

二十年来，我见过沈小姐九次，前九次是两年之中的事，如今这第十次，却已相隔十八年。

第一次见沈小姐，我二十岁。在国外大学念艺术史，暑假回国，跟叔父访友来到这里。叔父说这里有一位长辈，家中收藏许多瓷器，知道我在国外念书间隙在拍卖行打工，每日钻研瓷器鉴定，带我来长见识。

午后的阳光穿过树叶的缝隙，照在长乐路一幢灰白色老洋房的门口，有个年轻女孩来开门，被我撞见。她那年二十几岁，肤色如雪，眸色如漆，看了我几眼，三分笑容，气度淡定。

那时候我深中张爱玲小说的毒，尤其是那段"于千万人之中，遇见你要遇见的人。于千万年之中，时间无涯的荒野里，不早一步也不晚一步"，今天想起来是多么青涩。

跟着女孩，我们走进厅堂。厅堂里陈设着许多红木家具，正中有座民国时代的红木玻璃柜，分层陈列着许多瓷器。

一位六十岁左右的老者坐在那边，我猜想他是主人，或许也是女孩的长辈。叔父叫我过去喊他梁叔，老者面容清瘦，笑声响亮，询问了我一些简单情况，然后介绍旁边的年轻女孩："这是我的太太，小沈。"

女孩表情略显尴尬，稍稍侧过头去。

太太？相差三四十岁？那时候我二十岁，对这老者泛起一种疾恶如仇的感觉。如果不是话题很快引向瓷器，我甚至觉得在那间屋子里一分钟也待不下去了。

玻璃柜里的瓷器仔细看看，就会发现主人的特别趣味，这些瓷器，全是梅瓶。

梅瓶是很多人最喜欢的一种瓷器器型，它小口、短颈、丰肩、瘦底、圈足的瓶式，恰如年轻曼妙的女人身姿，脖项修长，肩膀圆润，腰肢纤细，腿足修长。

"梅瓶"之名，据说是因口小只能插梅枝而得名。因瓶体修长，宋时称为"经瓶"，作盛酒用器，明朝以后被称为"梅瓶"。

玻璃柜里的这些梅瓶，都是单色釉品种。单色釉是瓷器的一种分类称呼，指那些没有描绘花纹，纯然一色的瓷器。这些瓷器，红色的艳丽，蓝色的幽玄，青色的葱翠，紫色的瑰丽，放在一起，交互错落，甚是好看。

"年轻人，我考考你，这么多梅瓶，你觉得哪一只最名贵，你最喜欢哪一只？"

这个问题真的考住我了，瓷器的市场价值，是当时的我还没有搞清楚的一个难题。我只能分辨这些瓷器的种类，有郎窑红、仿汝、仿哥、茄皮紫、茶叶末、铁锈花等等名目，具体哪一个最贵，我怎么知道？

下意识看了看那位沈小姐，她一双乌黑发亮的眼睛也在看着我，心里顿时有种触电的感觉，我忍不住突然指向其中一件颜色红蓝交错，有着奇幻色彩的美丽梅瓶说："就是这一件，炉钧釉，最名贵！"

老人露出惊讶的神色："啊，你真是专家，你怎么知道？"他边说边拿下展柜中央的那只梅瓶，翻过底给我看，底内有款，是篆字。

"一般来说，现在能见到的炉钧釉梅瓶都是清中期烧造，没有款，可是我这件，不仅有款，而且是官窑款。你看这四个字——雍正年制，你看这颜色，与众不同，红蓝交错，行话叫高粱红，只有雍正时期才有的色泽，真的是无上珍品。年轻人，你太有眼光了！你等等，我找资料给你看。"

老人进屋去翻查相关的专业书准备给我看，叔父在远处饮茶，似乎对这些瓷器全无兴趣，只有沈小姐兴致勃勃，悄悄走上前来问我：

"你怎么这么厉害，一下就说出哪件瓷器最贵，我天天对着它们，也看不出来。"

我的脸已经涨得通红，差点就告诉她，那是因为你衣服的颜色啊！

其实我根本不知道，我当时只是随口一蒙。在那一瞬间，我突然发现，沈小姐那天，穿了一件红蓝交融颜色的旗袍。那颜色，仿佛一道道热情的火焰，冲入冷酷海水里瞬间将要熄灭所迸发的光彩，让我惊艳。

我能说么？当然不能。那一年我二十岁，在她崇敬的眼神里，我快乐了三天三夜。

二

两年内，我前后去梁叔家八九次上手研究瓷器，梁叔是退休隐居的富人，业余爱好是收藏鉴别古董。当然据我推测，他的另一个兴趣也许是女人，小沈的身世他从来不说，我也不敢多问。我只是一次次来，每次来都觉得他们的身体和精神状态发生着不同的变化。

梁叔一天天干瘪下去，蜡黄的脸上光泽渐渐褪去，眼窝逐年深陷，眼神中的光芒渐渐消散。沈小姐却日渐丰腴，气色更加红润，行动言语也更加果断坚定。有时候梁叔瘫坐在红木圈椅里抽烟，懒得起身的时候，就喊沈小姐帮她拿瓷器："小沈，把那件瓷器拿下来给小伙子看看。"

沈小姐就走到玻璃柜前，打开柜门去取瓷器。那是我最喜欢的瞬间，我喜欢看她拿瓷器的样子。柜子的上层玻璃有点高，她必须踮起脚来去够。

她扬起头，雪白的脖颈微微拉长，从下巴到鼻尖到额头，形成一条优美的曲线，她对瓷器极为小心爱护，　定同时伸出两只手去抱住梅瓶的瓶身，小心翼翼把它捧下来。我喜欢看她的手臂，圆润白皙、青葱如玉。她把瓶子小心地放在桌子上，同时低下头摆放稳当。

我喜欢看她的眼神，那样专注，毫不为一个少年热切的目光干扰，一定把瓷器摆放妥帖，绝不动摇。

"你也喜欢瓷器吗？"梁叔不在旁边的时候，我曾经问过她。

"非常喜欢，尤其是单色釉。我觉得瓷器是有生命的，每一件瓷器，都好像有自己的语言要表达，你要听得懂它，需要时间的。"

我知道梁叔给了沈小姐足够的时间，去听懂这些瓷器的语言，可是他自己的时间似乎不够宽裕了。第二年起他开始经常生病，加上我回国的时间减少，能去的机会也少了。

我没有告诉任何人，我曾经和沈小姐通过书信。在那个年代，笔友是一种时尚，我从来不曾了解她内心对我的看法，她似乎不全然拒绝我，也不全然接受。她很少回我的信，但也不是置之不理，她回信很短，有时完全是客套话，但有时也会突然扯上几句她们女人间的琐事。

有一次我回国的时候约了她喝咖啡，她来了，我看得出她精心打扮过，我记得我曾经要跟她说一些话，可是我好像什么也没说。

就这样又拖拖拉拉一年，我大学即将毕业，准备回国在北方一家拍卖行工作，临别时最后一次访问梁叔的家。

那时梁叔已经卧病在床，沈小姐在客厅接待了我。我们没有说什么话，不，我们说了很多客套话。红木的玻璃柜就摆在我们面前，那里面一件件瓷器，我在想，也许是我该和它们道别的时候了。那些郎窑红、窑变、茶叶末、茄皮紫、仿汝、仿官、仿哥，那些单色釉所散发出的光彩，曾经照亮多少人的心。还有，那件红与蓝交汇熔融的瓷器——最为贵重的炉钧釉梅瓶。

临别，梁叔叫沈小姐去取些东西，然后叫我到床边来，要跟我说几句话。

梁叔的脸已经干瘪得像个骷髅，长满老年斑，苍白的胡茬在午后的阳光里微微翘起。梁叔看着我，脸上泛起笑容，夸奖我是古董界的有为青年，说得我脸上泛红。突然，梁叔抓住我的手，脸上泛起一丝青灰色，他用坚定沉稳、一点也不像一个病人的声音跟我说了一句话："年轻人，你命运平顺，经历单纯，容易受到诱惑。只是你记得，这一辈子宁肯做古董的奴隶，也不要做女人的奴隶。"

这样奇怪的话让我错愕，我摸摸梁叔的头，他确实有点低烧，我唯唯诺诺地退了出来，正好沈小姐也回来了。

"你要走了吗？我送你。"沈小姐陪我走到门口。

我这时才发现，沈小姐换了衣服，换的正是我最初见到她的那件，有着奇幻红色与蓝色交融的旗袍。

"你这件衣服真漂亮。"这句话，我第一次见她时就想说，可是，拖到此时才说。

"像不像那件炉钧釉的瓷器？"她笑着冲我眨了眨眼。

像，一半是海水，一半是火焰。

三

回国工作不久，互联网开始普及，我和叔父以及沈小姐改用网络联系。三年后，听闻梁叔去世的消息，后来和沈小姐的联系也少了。

在古董圈，我发现很多收藏家和我兴趣相投。他们喜欢单色釉瓷器，炉钧釉是很多藏家的最爱。大家对于炉钧釉的理解不同，炉钧由于釉色窑变及各种奇美纹路的相交叠置，浑然构成一幅幅神奇的天然图画。有的在青色背影上弥漫各种红色的流纹，像雨过天晴泛朝霞；有的青、紫、红、蓝诸色交错掩映，宛如瞬息万变的自然景观；有的深蓝色衬托着银色斑点，犹如星辰满天。有的似雨后彩虹，有的似礼花满天，有的似山花烂漫，有的似焰火夺目，有的高贵典雅，有的富丽雍容。同一作品不同角度、不同时间、不同人来观赏，气象迥异，"仁者见仁，智者见智"。

不久前，我突然收到沈小姐的信，她说想卖掉家中全部的瓷器，委托我所在的拍卖行帮她处理此事。

我又回到了上海，回到了长乐路那幢灰白色小洋房门口。在见到沈小姐之前，我一直在脑海里勾画着她的形象。假如你年轻时见过一个很美的女人，十八年后，你一定想知道她变成了什么样子。也许对方不那么想，或者就像电影《纯真年代》的结尾，真的会有人临阵转身而去。

沈小姐出现了，依然那样美丽、神情淡定。让我惊讶地是，除了剪短头发，她几乎没怎么变老，只是面容略显憔悴，脚也有些肿。我看出来，她，怀孕了。

客厅里的格局和我印象中差别巨大，所有的家具都换过了，连那座标志性的红木玻璃展柜也消失了。一张大的桌案上，放着几十件瓷梅瓶，那是我久违的老朋友了。我认得它们，如同儿时的玩伴。

一位外国中年男士笑容可掬地走了出来，经沈小姐介绍，他是她现在的先生，一位在上海工作的加拿大人。他们全家已经在计划着移民的事情，因此打算出售全部的瓷器收藏。

我早已看到了那件久违的炉钧釉梅瓶，那样美丽的红蓝交汇的不老精灵，它被随意地放在所有瓷器之中，但在我眼中却非同寻常。我假装没有看到它，耐心地做着其它瓷器的登记和估价工作，直到最后，我才装作不在意地拿起那只梅瓶，问沈小姐："这件，你看怎么估价？"

"这件，不卖，唯一不卖的一件，我要留着它。"她似乎早已胸有成竹。

"为什么？如果你想卖钱的话，这可能是最出数的一件了。就算我们为你做一个梅瓶的专题拍卖，也需要有一件足够特别的东西作为专拍图录的封面啊，这样才吸引人。"

沈小姐没有说话，只是用眼睛看着我。这眼光，在别人看来非常平静，在我看来，却仿佛惊涛骇浪，不敢直视。

"那拍个照片吧，给我留个资料，多份记忆吧。"我边说边躲避她的目光。

"不可以，不许拍照。"

"为什么？"我忍不住回转目光，盯着她。

我们互相盯着，有两秒钟，她突然笑了，为我茶杯添水，巧妙地化解了这份尴尬。

"好的东西，不需要照相，反而更能留在人的记忆中，不是吗？"她倒水的玉臂依然圆润，青葱如玉。

四

我回到拍卖行开始进行拍卖的准备工作，那批瓷器拍卖的前一个月，精美的图录印刷出来了，我给沈小姐寄去数本，亦打电话问候。她说瓷器拍卖那几天是她的预产期，可能无法亲临现场观看。果然，拍卖那天我打去电话，无人接听。后来知道她在那天生产，是个非常可爱的女儿。

瓷器拍卖非常成功，所有梅瓶都找到了新的主人，而我只惦念那一只没有印在图录中的炉钧釉梅瓶。它是我平淡经历中一段微不足道的记忆，却是我永远无法忘记的。

又过了几年，微信开始普及。不知道哪天，我在微信上发现添加了沈小姐，又忘记是哪天，我收到沈小姐传来的一张照片。照片上她抱着一个混血女孩，母女笑容绽放如花，背景书架上放着那只雍正时期的炉钧釉梅瓶，红蓝交汇的色泽激动着人的心绪。

三百年前，雍正皇帝深居皇宫半生的心境，是否也如炉钧釉瓷器一样，一半是海水，一半是火焰？

※ 玲 珑

旧情人见面，不一定说知心话，也可能说的都是谎话。

他对她撒了谎，没有讲出自己经济窘迫的现实，反而吹嘘自己在古董业的成功经历，以及如何成为知名的古董经纪人。

一

香港会展中心五楼大厅，某国际知名拍卖公司正在举办一场盛大的艺术品拍卖会的预展。灯光璀璨的玻璃展柜里摆满了价值不菲的名贵古董及珠宝，进出常见衣冠楚楚的富豪或阔太。由于展出的都是名贵物品，所以保安人员很多，站在展厅的各个角落。

下午，保安人员注意到一个中年女人形迹可疑。

她穿着廉价的衣服，没有化妆，头发凌乱，表情茫然。走进展厅之后，目光一直在寻找着什么，直到发现一个玻璃展柜里的一件东西，眼神直勾勾地走了上去。

她似乎对别的古董和珠宝全无兴趣，眼睛一直盯着这件造型如一件凤鸟的玉佩在看，保安人员估计她站在那里最少有四十分钟之久，而且眼神非常奇怪。

柜台后面一个年轻的女服务生好心问了一句："您需要什么帮助吗？"话音未落就被旁边年长些的男服务生轻声喝止了，那意思是你没看出这个人可能有病吗，她根本不是什么想来买东西的客人，你怎么敢招惹她？

好在这个女人似乎没有听到，也没有要把这件玉佩拿出来试戴的意思，看过之后，转身缓缓地走了出去。

保安一直警惕地用目光送她走出厅外很久，才松了一口气。

这个女人在走向自动扶梯的时候，另一个男人发现了她。

这是个相貌英俊，身姿挺拔的中年男人，穿着合体的黑色西装，正从旁边的直升电梯门走出来。一看到这个女人，浑身一震，表情变得极不自然。

女人见到他却笑了。突然优雅地伸出了手，牵起他的手就往前走，男人想要拒绝，但女人只说了几个字就打消了他的顾虑。

你还记得我们的凤玲珑吗？

二

"情深不寿，强极则辱，谦谦君子，温润如玉。"

张生在工作之外有两件事非常着迷，一是读金庸的武侠小说，二是和笔友通信。一九九零年，他高考刚刚落榜，靠亲戚安排在国有文物商店工作，看柜台，工作轻闲。这时候正读到《书剑恩仇录》这本小说，金庸借乾隆送陈家洛玉佩之上刻的这四句话，道出自己人生特别推崇的境界。

"谦谦君子，温润如玉"，玉的光芒是凛于内而非形于外的。雍容自若的神采，豁达潇洒的风度，不露锋芒，不事张扬，无大悲大喜，无偏执激狂，正所谓"宠辱不惊，闲看庭前花开花落；去留无意，漫任天际云卷云舒。"生命的状态在这里呈现出一种成熟的圆润。

他觉得这几句诗很耳熟，好像在什么地方读到过。对了，是在柜台里的一件玉器上，那是一件造型像一只凤凰的玉佩，凤凰的背部刻着两句诗，他拿起来对照着读，原来刻的是：

"言念君子，温其如玉。"

不同的句子，却表达了同样的含义。

看到这块玉佩，他就想起她了，因为她是他唯一的笔友，她的笔名就叫作"凤玲珑"。

晚上，他把这一天的感受写信给她。那时候没有网络，手机也不通行，全国年轻人中流行写信交笔友。这位"凤玲珑"在厦门，是一位年纪与他相仿的年轻女孩，在厦门大学读书。他从未见过她，却似乎已与她在精神世界难舍难分。他们每周要通两封信——因为当时信件传递的速度，北京和厦门之间，从信寄出到收到回信，差不多要这么长时间。

在信的结尾，他这样写道：

"言念君子，温其如玉——这是我今天在店里的一件清代乾隆年间的玉佩上读到的诗句，读到这两句诗的时候我就想起了你。我的愿望是把这件玉买下来，送给你，但是我现在的工资还很低，需要攒钱。等我攒够了钱，买下它，然后去找你。"

她回信给他，信里说：

"我不要你送给我昂贵的礼物，也不需要你的什么海誓山盟。我们生在这样一个时代，能够因为缘分而相遇，彼此交心，已经是最大的幸福和快乐。厦门是个轻松快乐的地方，我欢迎你到厦门来，我等你。"

那时候"装成熟"是很多女孩写信的风格，他读信一笑，依然按计划准备买下这块玉佩，作为她今年的生日礼物送给她。他找到了与自己关系不错的文物商店经理，表达了自己非常喜欢这块玉佩，希望能买下收藏的想法。经理笑了笑说："小伙子，你真赶对了好时候。在早几年，即使是门市上的玉器，也是不能随便卖给你的，我们属于友谊商店的性质，这些工艺品主要是卖给外国人换外汇的。你看这个柜台里不少玉器还贴着以前外汇券的标签，比如这个玉扳指，要三块钱外汇券；这个玉牌子，要五块钱外汇券。现在内部政策放宽了，只要不是特别珍贵的文物，也可以卖给国内的客人。自己员工就优惠点，打个五折，你先把东西下柜，等攒够了钱交上，东西就拿走吧。"

张生攒了三个月的工资，买到了这件玉佩。晚上挤公交车下班的时候，他把玉佩放在贴着胸口的衬衣口袋里，他能感觉到玉佩特有的温度，比体温低，但是绝对不凉。柔滑的沁入肌肤的感觉，紧紧地靠着自己的感觉，他从未因为拥有一件古董而如此快乐。

三

"漫漫人生路，白鹭长相伴"。

二十年后，这句口水词成了厦门航空飞机每次起飞到达时的音乐前奏广播，但在二十年前，这确实是张生坐火车第一次抵达厦门白鹭洲时内心的愿望。

那一年，后来闻名全国又因丑闻震惊世界的厦门远华集团还未成立，这里还是个海滨小城，却有着迷一样的自然风光。

她身材苗条，相貌清丽，让他出乎意外地惊喜。

"我叫冯鹭，白鹭的鹭，怎么样，没想到我会是这个样子吧。"

他更没有想到的是，她竟然不知道从哪儿开了一辆黄色的破旧面包车来接他，看着她打方向盘时颇有些紧张和吃力的样子，他忍不住问："想不到你还会开车，你有驾照吗？"

"没有驾照就不能开吗？从小念书老师教你不要做的事你就没做过吗？"

"你这样很危险！"

"放松点，你怕吗？是不是怕我开车会开到海里去？看，对面就是鼓浪屿。"

风和日丽，海面非常平静。遥远的天边，看到岛的身影。

"据说对面就是金门，这里能看到台湾吗？"

"天气好的时候，能看到金门外一些岛屿的影子，你怕不怕他们炮火打过来？"

"我现在不怕了，连你的车都敢坐，还有什么可怕的？"

她莞尔一笑，笑容清纯可爱："我给你放歌吧，车上有收音机。"

海风从摇开的玻璃窗吹进来，广播里播放的是这一年的一首流行歌曲《萍聚》：

> 别管以后将如何结束
>
> 至少我们曾经相聚过
>
> 不必费心地彼此约束
>
> 更不需要言语的承诺
>
> 只要我们曾经拥有过
>
> 对你我来讲已经足够
>
> 人的一生有许多回忆
>
> 只愿你的追忆有个我

傍晚，他们在白鹭洲边休息，他真的见到一只纯白色的鹭鸟飞过来，停在水中央的浮萍上。而她，则不知不觉地靠在他的肩上。

他把那件玉佩拿出来，戴在她柔滑的项上。

"这件玉佩，我给它起了个名字，叫凤玲珑。巧了，你姓冯，冯凤同音，难怪你的笔名叫凤玲珑。"

"我们以后会在一起吗？"

"我觉得我们以后一定能在一起。"他信心百倍地说。

"我不知道，我觉得人生的变化太多了，我们都这么年轻，以后会怎样，谁知道呢？"

她似乎有些忧郁地说。

四

他终于没有和她在一起。

一九九二年到一九九三年间，国内的文物市场渐渐放开，一些著名的拍卖公司相继成立。邓小平的南巡讲话，不仅又一次推动了改革开放的浪潮，也使得人们的商业思路纷纷打开。拍卖市场风起云涌，很多原来文物商店有一定专业特长的员工纷纷辞职下海，他也走入商海，转型成为一名古董商。

商海浮沉，目迷五色，以及与她在文化上的差异，他始终有种说不上话的感觉，渐渐失去了方向，而她则争取到了一个机会去香港读研究生。开始还偶通书信，后来，就渐渐断了联系。

十年风华，弹指一挥间。这一年，在香港中环的文华酒店。

他正在一层的咖啡厅喝下午茶，内心焦虑地等待着自己的朋友"肥仔"。

最近几年，偶然在朋友的带领下去了澳门，进了葡京的赌场就拔不出脚来，前后输掉了几百万。现金流断裂，再加上入手的几件古董后来发现是赝品，压了货，生意已濒临倒闭。在香港拍卖会上购买的书画古玩无钱支付，已经收到国际拍卖公司的律师函，威胁将对他提起法律诉讼。

想和自己熟识的港商肥仔借钱，怕先说了他不来，找个借口聚聚。

肥仔大概是看穿了他的企图，约会的时间过去一个小时还不现身，打电话也无人接听。他垂头丧气，起身结账准备离去。

突然间就看到她了，独自坐在另一个椅子上喝茶。十年不见，她已经三十岁了吧，浑身散发着不一样的气息。如果说当年是清丽，那现在已经变成浓丽，成熟而妩媚，却又透出一股冷峻。

他几乎已经认不出来，只是那眼角眉梢的风情，一看还是她。走过去，坐在她对面，想先开口，嗓子突然被什么卡住，没有发出音来。一眼就看见了那件"凤玲珑"，他生平购买的第一件古董，依然挂在她的脖子上。

她感觉到对面来人紧张的气息。抬起头来，看到这个男人，也忍不住心头震动。

各自衣冠楚楚，却已心事相隔。

五

她告诉他，自己这些年在香港学成毕业后，先是进入一家金融公司工作，后来嫁给这个公司的老板，一个年老丧妻的老头。如今老先生已经去世，遗产多由原配儿子继承，她没有子嗣，只分到一小部分财产，独居在九龙。

他心头一动，于是又告诉她，自己忙于生意，这么多年竟然没有考虑结婚。曾经交过一个女朋友，被骗去一笔财产，更加坚定了独身的念头，常年以古董为伴，这些年也不免常觉孤单寂寞。

两个孤单的人，因为缘分的安排，十年后在这灯火万千繁华迷离的港岛相遇，除了相约一醉又能如何呢？

这天晚上，他们在兰桂坊喝醉了，一路搀扶歪歪斜斜往上环走。他们走过镛记的门口，看到玻璃窗里挂着的那些烧鹅乳猪，笑它们为什么托生尘世，遭受这样被人烤食的命运。他们走过已经关门打烊的怀旧古董店，敲打着窗户和里面的关公像说话，抱怨它没有主持正义公平，总是让坏人发财，让好人穷困潦倒。他们走过那座挂着"莲香"招牌的老酒楼时，他脚下一绊，摔倒在台阶上昏昏沉沉再也爬不起来。她只好在旁边的酒店开房，费力把他搀上床。

他说着胡话，忽而清醒，起来要喝水，水喝多了又难受想呕吐，跌跌撞撞进了卫生间，发出巨大的响声。

她独坐在沙发上，酒意渐渐过去，突然觉得在这个熟悉的陌生人身上发生的一切，与自己这十年来每晚经历的，也没什么不同。

其实她是骗他，她根本不曾嫁给什么富人，她的命运比他更悲惨。她工作不久就误信投资中介，被骗光所有财产，因无颜返乡而堕入风尘。

在香港，从大陆来的卖肉女被称作"北姑"，她们的境遇格外窘迫，遭受黑白两道的压迫，还常要面对疾病与暴力的威胁。她的运气还算好，由于学历背景高，姿色好，经常出入比较高档的场所，结识了一些有钱人，生活还算周转从容。

每次与人开房，当身边陌生的男人独自进去洗澡的时候，她都有种极度空虚的感觉。平时独处之时，偶尔也会想起少年时代在厦门读书时充满幻想和快乐的生活，想起那个靠写信就能获得精神满足的年代，忍不住悲从中生，幻灭感时时催促。

总算忍辱多年，攒到一笔钱，买六合彩又中了二等奖，生活渐渐有了转机。开始要脱离风尘，过起独立的生活时，他竟然出现了。

这是否是上帝给她的暗示，从此将不再孤单？

六

她每天和他见面，渐渐地他说了实话，告诉她自己的窘迫。她没有嫌弃他，反而帮他一点一点地偿还债务，给了他从头再来的勇气。

两个人在一起之后，他常教她古玩知识，引她走向古玩投资收藏之路。也许是因为十年来一直佩戴的那件玉佩，古玩之中，她还是最喜欢玉器。

在中国人心中，玉是吉祥的象征。故中国人喜以玉护身、保平安及辟邪，甚至以玉陪葬；西方人则主要欣赏玉的优雅雍容、神秘及浪漫的色彩。

历史上最大的玉器收藏家非乾隆皇帝莫数。现在故宫博物院的三万件玉器，多数为他所藏。乾隆皇帝为他的儿子，后来的嘉庆皇帝起名叫永琰，琰是美玉的名字；永琰的十六个兄弟也都以玉器的名字命名，乾隆皇帝自己则被后人称为"玉痴"。乾隆皇帝最爱的珍贵玉器，收藏在百什件的盒子里。百什件共分为九层，每层有若干个抽屉，抽屉中的每件玉器都有它专用的小格子，格子形状与玉器完全吻合。

这件玉佩，据张生告诉她，是乾隆时期的作品。乾隆时期的玉器，以质地好，雕工精细取胜。白玉无瑕，也符合现代女子收藏的品位。

在他的引导下，她开始慢慢将所存的多余现金，交给他投资玉器。开始一两件还吃不准，但是经他帮助出售后获利颇多，于是渐渐产生信任，将投资的事情都交与他管理。

他们一起品尝着生活与收藏的乐趣，他们每天爬山，周末钓鱼，每个月逛两次荷里活道的古玩店，参加了不少小型的古玩拍卖会，经常收获惊喜。

直到某一天，他捧着一箱古玉，满怀欣喜与不安地找到她，告诉她这是一个刚刚去世的藏家的一批珍藏。他虽然无力购买，还是付了定金，先拿了回来。

毫不犹豫地，她取出全部财产给他，将整批玉吃进，准备转手赚一笔不菲的收益。

钱放进口袋，他终于放了心，这才是他与她交往的真实目的。十年不见，他已不是当初的张生，商海沉浮，什么女人没见过，打拼靠实力，没有现金怎么东山再起？几天后他就失踪了，手机关机，人也似乎离开了香港。

她捧着这些古玉，找到当地的拍卖公司鉴定，竟然全部是赝品，甚至连玉器本身也不是和田玉料，而是玉石粉压模制成，成本低廉，毫无价值。

这是二零零三年春天的事情，她生命中两度受骗，濒临崩溃。

<h1 style="text-align:center">七</h1>

春天，她靠着一些细微的线索，追到北京来找他。

那时候，"非典"刚刚爆发，整个北京陷入大规模传染病流行的恐怖之中。机场海关如临大敌，街头行人和车辆稀少。

好不容易，她在街头打到一辆出租车。司机戴着口罩，打量她半天才允许她上车。车子里充满消毒水的气味，四面玻璃全部放到底，在清早的春寒中让她这个已经习惯了香港温暖气候的人感觉格外难受。

出租车司机很好奇这个面貌憔悴，有着外地口音的女人这个时候为什么会到北京来，不时套问她的来路，见她无心响应，就开始讲自己的故事。

"姑娘，你说现在的人为什么心眼都那么坏啊，外人不坑，专门坑自己兄弟。"

"哦？"她心中一动，问他，"你被坑了？"

"是啊，我一个发小兄弟，前些天来找我，说做生意缺钱，把他的车抵押给我，借十万块钱。我一看，九成新的宝马车啊，市值最少四五十万，又是多年朋友，相信他老实本分，就借给他了。当时现金还不够，我又从租车公司贷了点钱给他。哪知道后来公安局找我，这车是外地偷来的，失主报了案。现在车也没收了，我那朋友人也没有找到，逼得我这时候还得冒着危险上街拉客，为了还上租车公司的钱。你说说，现在的人为什么都这样？富人不骗，专门穷人之间互相欺骗？"

她一阵酸楚，嘴里念叨着："能坑你的，当然都是你信任的人，哪里分什么富人穷人。"

或许是冥冥之中的安排，他竟然真被她找到了，面对面堵在古玩城的门口。他见到她二话没说，当时就跪下了，拉住她的手，哭着说他当然也不知道那批玉器是赝品。后来找朋友看过，知道东西不对，等于他把她辛苦的积蓄都坑了。出于恐惧，才悄悄地离开她。他发誓与那位卖家绝无串通，他从中没赚她一分钱，事后也多次去找那位卖主，但已人去楼空。

他发了疯地哭着，痛苦地用头往她的胸口上撞。这一撞，却撞在了她胸前佩戴的玉佩上，他的泪水也洒在玉佩上，让她更加难过。

"我怎么能够相信你呢？"她喃喃自语着，眼角闪动着泪花。他请求她去他的家，把房子的钥匙和房产证都交到她手里，说这是他仅有的财产，愿意全部由她掌管。在他家里，她看到了房间正中的书架上放着一摞信件，那是他们十几年前的全部通信，写给他的那部分。

她哭了，没有再说什么话。

两个人在默默对立中度过了两天，到第三天，她终于撑不住了，无法再与他抗争。他给她铺好床，自己睡外间的沙发，他给她做饭，洗衣服，无微不至地照顾她。

"非典"过去之后，两个人一起上街了。开始各怀心事，后来又一次牵起了手，他们一起出现在北京的大街小巷，像所有快乐的情人那样过着自己的小日子，同时也积蓄着财力，慢慢改变自己的生活。

那一年秋天，北京的拍卖市场在停滞和积蓄了半年能量后突然爆发，古董拍卖价格扶摇直上。秋拍结束的那个晚上，他狂笑着冲进家门，手里拿着一本拍卖图录给她看，其中一张画是他送拍的作品，拍了几百万人民币。

"我们又有钱了！我要把这笔钱全部存入你的账号，补偿你的损失还有富余呢！"

他们开红酒庆祝，欢笑着，又一次喝醉了。

他们做爱，放声尖叫，她压抑了多年的苦闷，终于得到了解脱。

第二天中午，她从宿醉中醒来，突然发现，他又失踪了。房产证不见了，家里值钱的东西都不见了，甚至，当她觉得胸口有些凉的时候，才发现，就连那块已经佩戴十余年的玉佩也不见了。

当她从天堂跌回地狱的时候，那相伴多年的玉佩，似乎也已经灵性消尽，离开了她。

留给她的，只有书架上一堆无用的书信，和他曾经反复说给她听的一句话：

"言念君子，温其如玉。"

八

每个作恶的人都会下地狱的，在此之前，你所受的苦难只能从前生去找原因。她嘴里唠唠叨叨，回到香港，精神已经不太正常，间歇性发作，无钱就医。靠着政府的救济，勉强度日。

也真是巧了，一个偶然的机会，她从一张报纸广告上又一次看到了她生命中的那件玉佩的照片，它被描述为"乾隆时期的，不可多得的珍贵玉雕作品"，将出现在本地一场重要的拍卖会上。

当她又一次看到这件晶莹璀璨的玉佩，放置在玻璃展柜里，向她展示着它高贵的翅膀的时候，她突然意识到，这是人与物，喜与悲之间一种不可抗拒的命运。她被命运捉弄了，仅此而已。

如果当初没有写那封信，没有遇到那个人，没有佩戴上这件玉佩，那么她的命运又将是怎样呢？

转过头去，缓缓走出门外，她知道自己是最后一次见到这件凤玲珑了。以后，它会飞去哪里，碰到什么样的新主人，带给他或她什么样的命运，今天谁也不能给出答案，她也永远无法知道了。

那么凑巧的是，当她走到自动扶梯口的时候，她竟然又见到了他，这是她生命中第四度与他久别重逢了。四次相遇，相隔十多年，他一次比一次帅气，而她一次比一次衰老。

她开始彻底明白自己的命运，因为对她来说，生命中所有的相遇，都是久别重逢。

在他的惊愕茫然中，她牵起了他的手。当他试图抗拒的时候，她说了句："你还记得我们的那件凤玲珑吗？"他不说话，默默地跟着她，走上自动扶梯，从五楼开始，随电梯慢慢往下滑去。

五秒钟之后，她感觉他手部的肌肉已经不那么紧张了，突然发力，扯着他一起从扶梯边上翻坠了下去。后面的人发出惊慌的尖叫，他们在一两秒钟之间，身体重重地摔在一楼的地板上，血溅五步，当场毙命。

他们摔落的方向，据说正好在拍卖展厅的下方。

九

两天后的拍卖场上，拍卖师宣布，由于拍品玉佩的委托方意外身亡，这件拍品暂停拍卖。

竞买席上有人惋惜地轻轻叹息一声，那是位年轻漂亮的女士。从她中式衣服上别着的翡翠胸针和手腕上佩戴的羊脂白玉镯来看，她一定也是爱玉之人，而从她手里的竞投号牌来看，那件玉佩，已经是她心头之物了吧。

　　青春、爱情，她不是没有过，只是太短暂。有时回想起来，甚至比没有更痛苦，但那不是她一个人这样，而是整整一代人，一代人都是这样的。

一

　　他年轻得让她有些不能相信。

　　她手中的古董器物，和她脸上那许多皱纹里的深深浅浅一样，埋藏着岁月中无数表面平静下的细微坎坷，若非经历风雨，又岂能轻易读出其中的惊心动魄。这些，恐怕阅历尚浅的他，未必能看出来吧？

　　可是这名片上分明就印着，他是这家著名拍卖行的鉴定业务主管，既来之，只好听从安排让这个年轻的古董鉴定家看一看。

"这是一面汉代铸造的铜镜，黑漆古。"他又补充一句，"黑漆古，是我们的专业术语，指古铜镜上这种如髹黑漆一般的品相状态，又黑又亮，包浆润泽。"

"您看这上面高浮雕的瑞兽图案，威武雄健，气韵生动，简直是青铜艺术的杰作，太漂亮了。这是我见过的最漂亮的一面汉代铜镜。"他兴奋起来。

"是吗？"她外表平静，但内心翻起波澜。他看铜镜时过于专注，眼眸里放出光彩，不觉得对面人亦在观察自己，她从他的目光里，读到另一个人的影子。

倏忽四十年前，她对面的男人也曾有这样的目光，不光看镜，也看她。

看的是一双中长的辫子，七分脸，模样清俊端丽，嘴角两窝浅笑，目光澄澈，几乎是那个时代全国少女的经典形象。那年，她二十才出头，而他却已经五十岁。

二

不对称的爱情，怎么开始的？没有人知道，或许她自己未必能够说清楚，那个时代人们在某些事情上更加懵懂。那时"文革"还未开始，她住在北京西郊的部队大院里，军队干部家庭，生活宽裕。她在医院门诊部当护士，只接受大院家属就医，病人很少，工作清闲。

清闲的工作之外，喜欢上了写毛笔字——养性，这个爱好得到穿军装的父亲的肯定。父亲和别的军人不同，常和一些文化圈的知识分子来往，其中一个书法极好。经父亲介绍，就成为她的课外老师。

"我姓曹，曹操的曹，就是京剧里那个大白脸。"这个斯文的戴着眼镜，穿白色"的确凉"衬衫的中年人这样介绍自己。

"但是你的脸却像关云长一样红。"她调皮地侧着脸笑他。

脸红？他以前怎么不知道？荒唐。一见钟情竟然发生在已经五十岁，曾经有过一次婚姻的男人身上。是因他情商不高？还是冥冥中造化弄人？他们竟不知道国家大难将至，风雨飘摇，却在这样一个不恰当的时代坠入一场不被理解的恋爱。

他教她写字，毛笔蘸了墨，手把手，中锋行笔，提顿转折，柳公权说过，心正则笔正。

不，心不正，它在扑扑跳着。窗外夏日的鸣蝉衬得屋内好静，"的确凉"的衬衫已因为紧张出汗而湿了一片。

"听说，你是一个了不起的收藏家？"

"不能这么说，收藏家三个字，那是旧社会的词儿，那是腐朽阶级的堕落玩意儿，新社会没有收藏家。"

"有的，我父亲认识好几个收藏家呢，有一个叫张伯驹的，据说在旧社会很有名——"

"就是那个号称'民国四大公子'之一的张伯驹吧，他也不再是收藏家了，用倾家荡产毕生积蓄换来的名画《游春图》捐给国家了，李白的真迹《上阳台贴》先是送给伟大领袖毛主席，后来也转藏故宫了，他的好东西都捐了。"

"那么你捐了什么？"

"我没有什么可捐，我的东西很破烂，都是一些铜镜、造像之类封建迷信的东西。废铜烂铁，国家看不上，前些年大炼钢铁的时候，差点给它们熔化了。"

"你还是舍不得吧？"

"……"

他们开始一起去公园散步。他有一辆破旧的自行车，有时会骑自行车带她去，他们去过很多地方，陶然亭、玉渊潭、香山……在那个年代这些都是野山野水，缺少经营的地方。

有一次他骑车带她经过崇文门，面对着那些残留的城墙遗迹对她说："我更喜欢以前的北平，当那些城墙和庙宇还在的时候……"

后来她还去过他家。

普通的平房，铁炉子守着门口，冬天烧煤球。没有一件古董摆在外面，只有一些普通的家具和书。他的书真多，有很多线状的，有很多平装的，还有一些是手写本。

"你把好东西都藏起来了。"

"没有好东西，都是见不得人的旧社会的残渣余孽。"

他掀起床单，翻出很多落满灰尘的纸箱。打开，里面是一个个木盒子，每一个盒子里面都放着古铜做的镜子。有的长满铜锈，有的依然光亮可以使用，照着她好奇的面容。

历朝历代古老的铜镜上，铸造着她所不熟悉的各种精美的纹饰。有些是人物，有些是动物，动物里面，既有现实中常见的，也有她不曾见过的头角峥嵘的神兽。

她注意到他看铜镜时，眼睛里流动着非凡的光彩。

"这些铜镜有的已经几千岁了，甚至比我们祖宗的寿命还要长。"

她随手捡起一面黑亮黑亮的镜子。

"这是铜的么？铜不是黄色的么，怎么黑黑的，黑得发亮？"

"这叫黑漆古，是埋藏在地下年深日久形成的，是很好的古镜。"

"那这个银亮银亮的呢？"

"这叫水银沁，这些都是我们称呼古物的专业术语。"

"真漂亮，这个铜镜上面还有字呢。"

"是啊。我念给你听。"

他转动铜镜，给她念出上面铭铸的字迹。

"长相思，毋相忘。"

这是汉代青铜镜上常常出现的铭文。或许，在遥远的古代，交通困塞，音讯难通，当那些远隔天涯不能相见的恋人们在黎明的曙光里对镜梳妆时，常会因为这句镜铭，仿佛能从镜光里看到自己朝思暮想的爱人形象吧。

三

几千年过去，相差近三十岁的两个人，"长相思，毋相忘"。

想要回避周围人的目光，愈是偷偷摸摸，愈是情难自控。终于被发现，父亲疯了一般，甚至掏出军人的手枪摔在桌上，母亲哭昏过去。

她被家庭囚禁数日。

正在闹得不可开交之际，"文化大革命"的风暴开始了。

在社会各阶层中，军队受冲击较少，但父亲亦受审查，原因是：常和一些旧社会的资本家、没落分子来往。

她终于暂得自由，偷偷与他再相会一次。

也许是永别吧？她想，表面却装得很平静。

她一向如此，就是心哭出血时，表面亦如冷水一样。

他骑着那辆破旧的自行车，带她往香山去。初冬的风已经有刮脸的感觉，她坐在后座，紧紧抱住他的腰，把脸贴在他灰蓝色的中山装上，冰凉冰凉的。

香山双清别墅外，寒风扫过，红叶已经凋落得差不多了。

她想起他给她看的一枚汉代车马画像镜上铸造着东王公和西王母——这一对天上的夫妇乘车出行的图像，却随口念出一首熟悉的唐诗来："停车坐爱枫林晚，霜叶红于二月花。"

"我就是那晚景凄凉的枫林，"他叹道，"是老树，是枯藤，是昏鸦。但你不同，你是彩云，是朝霞。毛主席说过，你们是八九点钟的太阳，你们有广阔的未来。"

她靠在他怀里，无言。

"我一生的收藏，早已逐年星散，前妻早逝，亲戚们也未必靠得住。这面铜镜，是我最珍爱的藏品之一，你收着，藏好它，算是个念想。"

漆黑发亮的古镜上，高浮雕着她看不懂的各种神人神兽，还有一圈铭文，古篆体，她亦看不懂。但这锈色，她是懂得的。

"我记得，这叫'黑漆古'。"

"对，黑漆古。我心亦如这铜镜啊，黑黑的，不见底。"

她把他的手放在她漆黑的头发上："你说过，我的头发也像'黑漆古'，你抚摸它如同穿过岁月光阴。"

他心中酸楚，转而给她念铜镜上古篆体的文字："洁清白而事君，怨阴欢之宾明，焕玄锡之流泽，志疏远而日忘，慎糜美之穷皑，外承欢之可说，慕窈窕于灵泉，愿永思而毋绝。"

相拥直到黑夜降临，整个苍穹如被黑漆漆过。

四

不久她插队去了云南，再无他的消息。没有消息也好，她不知道他是如何被抄家，被批斗，被审查，被侮辱的。

作为旧社会的知识分子，他遭到多次抄家。家里地面的砖被撬开，撬出许多面带有"封建迷信"色彩的古铜镜来。红卫兵们大怒，当着他的面将这些东西砸烂。

他突然发了疯一样，扑上去咬人，于是遭到毒打。他被押送到群众大会上遭批斗，脖子上挂牌，双手反扭"坐飞机"，有人往他脸上吐口水，有人戳他的鼻子，他拼命挣扎，导致手肘脱臼。

批斗后被关进牛棚，不许家人送饭。他拒不交代情况，不认罪，不写检查，每天坐在地上，眼睛直勾勾地望着远方。

几个月后的一天，人们发现这位收藏家死了，死在牛棚里。有人说他是饿死的，也有人说他是被打死的，因为发现他的时候他横倒在地上，脸颊瘀青，嘴角有血，眼镜摔碎在地上。

此时，她在云南。有一次劳动的间歇，站在农田里向家乡的方向——北方的天空凝望。

那天格外晴朗，碧蓝的天空广阔无边。成片的云朵，像天马飞奔。这让她想起那面铜镜上的纹饰里，确实有一匹长着翅膀的马，高昂着头颅，伸展着翅膀，在整个宇宙里自由自在地奔跑着。

后来她嫁给了一个当地的干部，这不算爱情，但合于时代，更为了生活。生活久了，亦仿佛成了爱情。

对方待她不薄，他们育有一女，她给取名叫"照容"，三口之家日子过得安稳。"文革"结束她也没有回北京，在那里度过三十年的人生。

她的父母相继去世，丈夫亦去世，女儿考回北京念大学，又嫁在北京，接她回到故乡。

改革开放，经济发展，社会上兴起"收藏热"。"收藏家们"又成为名人，有的上了电视，有的自己开了博物馆，各种文物艺术品的拍卖也进行得如火如荼。

她想自己几十年来从未搞清楚这面铜镜的历史，正好报纸上登载着一家著名拍卖公司征集文物拍卖的广告，就拿去让他们帮着看看。

这位年轻的拍卖公司业务主管，开始滔滔不绝地给她讲述铜镜的知识和市场价值，炫耀着自己公司的业绩，鼓动她把铜镜拿去拍卖。其实，年轻的他根本没有注意到她的心思和感受。

她早已想过，这铜镜，她是不会卖掉的，也许有一天会捐献给国家。她知道自己不能算收藏家，甚至不能算一件文物的收藏者，充其量，她只是一个保管者。因为某种机缘，保存了这样一件文物，其实，倒不如说是保存了一份关于自己青春的记忆。

　　在黑漆漆的铜镜里，她照见了过去，不仅是过去的几十年，甚至是过去的几千年。

　　放下铜镜，她却看不到更远的将来，那将不是属于她们的时代。

第四折

玉魂
—
传奇
—
鸡缸

他们彼此宛如触电，灵魂欣喜。

※ 玉　魂

　　周太梳洗已毕，对着镜子，重新化妆。身子往前探，那件玉蝉空悬着，前后晃动。

　　说来也奇怪，她一生不喜欢古董。名包名表，珠宝首饰，无不是欧洲名师设计的最为时尚前卫的款式。偏偏这块古玉，一戴上就摘不下来，甚至洗澡，如厕，睡觉时也片刻不曾离身。

一

　　庄生从周太下榻的酒店大堂走出来，见到太阳的一瞬间，突然觉得头晕目眩。慢慢扶着墙，半天缓过来，还是感觉胃部不适，耳边嗡嗡作响。

　　刚才那座"肉山"不可怕，可怕的反而是"肉山"中夹着的那一块奇异美玉。每当冰凉的白玉与他肌肤相碰的一瞬间，他都觉得浑身精力突然被吸走，无影无踪。

每次幽会，她喜欢骑在他上面，甩动长发，上下跌宕。她一身柔腻丰厚的白肉，偏偏胸部是扁平的，就算俯身，那几乎不见的胸沟也夹不住项上佩戴的玉蝉坠。那玉蝉的两道翅膀不时拍打在他的胸腔上，让他大呼难受。

索性把这羊脂白玉叼在嘴里，继续做活塞运动。鬓发蓬乱，热汗直淌，忍不住叫了一声，玉又落下。她趁性抓住塞在他嘴里，想不到他吃进那玉，突然一阵抽搐，闷哼一声，交枪完事。

她好不扫兴，侧身躺下，哼唧着把大腿内侧在他身上蹭蹭。

他们相识之日，都彼此盯着对方上身看，周太看到庄生健壮的胸肌腹肌，庄生却看到周太胸前悬挂的那一块闪亮白玉。

好一件汉代的白玉蝉。

这玉蝉作扁平状，表皮微带红沁，雕琢有力，器形美观，顶有穿孔用来配挂。以简练挺劲的"汉八刀"技法，勾勒出高额、突眼、宽颈、翅翼等，形象写实。

"汉八刀"是汉代玉器的一种制作手法。作为一种雕琢技法，并不一定是"八刀"，只是用来形容其简练豪爽，朴拙流利的风格。

蝉在地下十八年才见光明几天，高高在树上，古人佩玉蝉是取其志向高洁的寓意。玉蝉作琀，蝉由地下洞出得生，玉琀在口，是要蝉蜕复生灵魂延续。这种玉蝉盛行于西汉晚期至东汉，多用作殓葬中含玉，放置于死者口中，祈求其复活再生之意。

庄生想起自己年少学玉时，老师傅向他描述起汉代白玉蝉时，用一种近乎神秘的口气告诉他："你知道最好的汉代玉蝉是什么样子？那是用上等和田白玉，砣具一天天砣出来，放在死者口中，埋入地下千年，得地泉之寒气。出土之后，表皮蒙着白霜，一把塞进你手里——扎手，那就是一块冰啊！"

直到今天，庄生才知道"一块冰"是什么含义。

可是他遇到的不只是"一块冰"，还有"一团火"。

四十岁的周太，如一团火焰，要把他细胞里每一个水分子都蒸发干净。

二

庄生从酒店正门处，想转到酒店侧门的街道，那边通往地铁。远远见到转角处墙边摆放着不少鲜花，还围聚着不少行人，短暂观望。

突然想起来，今天是个特别的日子。数年前的今天，一位影视界知名巨星从这座酒店坠楼身亡。以后每年此日，都会有他的影迷，在此悼念。

这位影星也是他少年时的偶像，他忍不住停下脚步，看上一看。

突然后面一个苍老而沉稳的声音在叫他："庄先生。"

他回头一看，心头一惊，一位坐轮椅的老人在一位菲佣推送下出现在他身后。不是别人，正是周生。

周生是港岛知名富豪，也是知名古董收藏家，以往数年在庄生的拍行购入大量书画及玉器珍玩。如今年老体衰，开始指派周太出面，按计划分期出让古董变现，与庄生是再熟悉不过了。

"周董，很久没有在这里见到您了，"庄生表面装得轻松镇定，"我记得您以前经常在这家酒店喝下午茶。"

"是啊，今天这么巧在这里遇到，我可不可以请你喝一杯咖啡？"

"这——当然好。"

他们在酒店楼顶的咖啡厅找了一个靠窗的座位坐下，可以看到对面海湾上经过的轮船，却听不到一点噪音。周生的身体虽然不好，却很注意仪表形象，头发梳得整齐油光。即便坐轮椅，还是穿着合体的西服，说话依旧上海口音，一副老香港绅士的派头。

"庄生，我们是老朋友了，这两年来，蒙你照顾，出让不少玉器古董，获利颇丰，由衷感谢。"

"哪里哪里，以年纪论，您是我的长辈，怎可说照顾？倒是得你关照，每次在我拍行出货，为拍行业绩增光，为其他收藏家们奉献瑰丽古玩展览，也是我的荣幸。"

客套之后，闲话家常。话说多了，渐渐随意。

酒店外，不知不觉已经夕阳西去，光线照到他们银质餐具的边缘上发出异样的光彩。

"庄生，你可知道我今天为什么出现在这里？"

庄生心头乱跳，只做不知。

"为了他啊，那位去世的明星！"

"您也是他的老朋友？"

"谁说不是？唉，我老了，老人渐渐地就没有秘密。庄生，你可愿意，听我这老人唠叨几句，把我年轻时的秘密，说给你听？"

三

周太第一次见到这件古玉，还是他们新婚燕尔。那时，周生已经五十多岁，前妻亡故数年，而她还是二十几岁风华正茂，港岛名校毕业，又去英国深造的研究生。

一次好奇，打开他的秘密抽屉，见到嵌有亡妻照片的珐琅小盒，盒子中装着这样一件白玉蝉佩。

握在手里，不凉，温润可人，有种魔力，吸在她手里，不肯滑落。

周生解释说，这是他亡妻生前，他送给她的礼物，上面还曾沾着她的泪痕，只能凭吊，不宜佩戴。

她不听，不知道为什么任性起来，哭着喊着，非要不可。她要占据他的回忆，不仅占有他的未来，还要统治他的回忆。

说来奇怪，她本来皮肤不好，干燥、起痘。佩戴了这件玉蝉之后，一天天丰润起来，痘也消了，皮肤白润柔腻，光泽悦人。以前常惊悸失眠，佩玉之后，睡眠安稳，邪魔退却，她欢喜异常，视此玉为天赐之宝，从此再也不肯摘下来。

他一开始不愿意看到她戴这件玉器，慢慢也习惯了，开始总是会见玉思人，以后也渐渐有些淡了。

只是她有一点不曾告诉他，她为什么不再失眠了呢？每当夜深人静，她关灯准备入睡之际，总觉得有人轻轻往她脸上吹气。这气，又像是有种催眠的粉末夹杂在里面，很快她就睡着了。

然而这睡不是一般的睡眠，睡眠多梦，梦里总是有一个男人的身影，模模糊糊，似乎非常熟悉，又似乎很是陌生。这男人，当然不是周生，却比他更让她留恋缠绵，常常恍惚得一会儿欢欣起舞，一会儿郁郁流泪，睁眼已是天色大亮。

随着岁月日久，周太又发现自己有另一个变化。年轻时她性欲冷淡，如今却日渐强烈起来。梦中的男人缠绵的时间渐渐增长，却不能解决她现实的需要，周生又年老体衰，她开始心神不定，烦躁易怒，再加上生活富裕悠闲，渐渐开始放荡。

庄生之前，其实已有不轨。庄生的出现，他的强壮和他行事的稳重谨慎，总算让她感觉找到了一个安稳的伴侣。

说来奇怪，每次和庄生缠绵之后，她不仅不觉得疲倦，反而精力旺盛，心情愉悦。她暗地里相信，一定又是那神奇玉蝉的功效。

四

庄生其实见过周生的前妻，不过一面之缘。那时，他只是个六岁的小男孩。而她，则是他的一个远房表亲。那是庄生人生中一个巨大的秘密。

那一次，他和妈妈，其他几位亲戚还有顾小姐（就是后来的前任周太）一起去日本旅游泡温泉。她们叫他在一间更衣室里等，让他待在一堆女人的衣服之间。

他在更衣室里这儿站站，那儿跑跑，后来忍不住跑到外面露天的温泉花园去。在那里，他看到一个高高的，光彩照人的裸体女人，她背对着他，缓缓地走下浴池，那就是顾小姐。

那是他生平第一次看到裸体女人的全身，那时候他不过是个小男孩。他仰视着她，悄悄地，大概有半分钟，然后就跑开了。

那裸体女人的背影曾经一度在他的记忆里淡化。直到他青春期的后期，他才知道其实她从来没有离开过他。在他第一次拥有属于自己的女人的时候，他让女孩背对着他的时候，他突然又想起顾小姐来。

他看着那个女孩赤裸的背部，顾小姐又回来了。他从仰视到俯视，一开始他是个孩子，无能为力地面对一个高大女人的肉体，让他倍感自卑。渐渐地他高大起来，找到自信，而这个女人的肉体变小了，柔软了，落入他掌中，被他占有了。

他曾经想要占有那样一座高大的女人肉体，他需要占有她，他狠狠地抽动着，他从这个时空到了那个时空，在情欲达到极点的时候失控地哭了。

但是在现实中，他只见过顾小姐一次，后来再无音讯。直到三十年后认识周生，才知道她后来嫁给了他，而且，她数年前已经辞世了。

他以前去周生家（那时新的周太还没有出现）的时候，帮着周生整理古董，见到房间里悬挂着很多周太的照片。各种样子，穿旗袍的，穿风衣的，长发的，短发的，可是都不是他想要的样子。他非常想看到一张周太背影的照片，不要别的，只要背影，最好，是一张穿着泳装的背影。

可是他一直都没有见到，大概周太生前从来就没有留下过背影的照片。不，也许只留下了一张，在他深深的脑海里。

五

"我已经是个老人，"周生说，"也许行将入土，老人没有秘密，只有无尽的回忆和孤独。"

"庄生，你还年轻，虽然已经快四十岁了，我听说你还没有结婚。这世间关于男人和女人婚姻之间的事情，你也许没有我体会更多。"

"其实我想告诉你，我是一个失败的人，为什么？我一生娶过两个女人。可是，我不曾收获过一份爱情，两个女人都不曾爱过我。我甚至怀疑，她们两个人都背叛了我。"

"在我和我的前妻，就是那位姓顾的女士生活的时候，是我一生中最快乐的时光。我们两个人是在家长的安排下相亲认识的，但是我们聊得来，很投缘，我们结了婚，生活得很快乐。最难得的是，我们还有一点相同的兴趣，都喜欢收藏古董，尤其是玉器。"

"我的前妻跟我讲，在她小的时候，别人送了她祖母一个玉镯子，那个镯子很漂亮，大部分都是白色的，其中又夹杂着一些翠绿。

那时候她每天都会盯着祖母的镯子看，幻想着哪天她也能拥有一支这么漂亮的玉镯子。也许，她对玉石的痴迷就是从那个时候开始的。"

"收藏古玉其实是一件十分艰辛和有风险的事，由于古玉器有其独特的神秘感和文化内涵，因此首先要了解历史，其次才能欣赏它的美。古玉造假很多，为了尽快地进入古玉器收藏领域和避免被骗，我们购买了许多相关的书籍，同时还去图书馆广泛地查阅资料以丰富自己的收藏知识。我们又找可靠的古玩商和拍卖行，购买了大量的古玉，很快提高了自己的鉴赏水平。"

"有一件玉蝉，你可能见过，它是我现在的太太佩戴的，但当时是属于我以前的太太的。他们都以为是我送给我前妻的，其实不是，这个玉蝉的来历很有蹊跷。"

庄生的眼前，突然浮现出周太那白花花的肉体，和那件悬浮在空气中的玉蝉，他感觉到自己的呼吸有些急迫。

周生似乎完全没有注意到庄生的神情，依然在讲他自己的故事："那时候我做电影公司的股东，在我们电影公司里有一个年轻的男演员，长得很帅，人也很努力很正派，慢慢地有了些名气。同时负面的不好的消息也传出来了，说他和一位富商的太太关系暧昧，这个富商是谁？也许就是我！"

"当时我渐渐地也有了耳闻，不过心里不信。我是那么爱她，不相信她会有背叛我的事情。那一天我回到家，她本来应该在家的，却不在。佣人告诉我她来这家酒店会朋友，我就追过来，发现她一个人在房间里。我没有发现任何可以怀疑的证据，可是我发现了这件玉蝉。"

"她说这件玉蝉是她刚刚从荷里活道古玩店买的，我问她哪一家，她又说她逛得匆忙忘记了，但是从此我知道两件事。第一，她总是佩戴着这件玉蝉；第二，那个男演员总是出现在这家酒店附近。"

"那个男演员就是——？"庄生问。

"就是那年从这里跳楼的那位著名影星了。"周生说，"我的太太那一年情绪很不好，后来身体出了问题，第二年就因病辞世了。"

"这可能只是您的怀疑吧，一切没有直接的证据。"

"也许吧，"周生喝完杯中的咖啡，对庄生说，"年轻人，人世间的事情，很多是不需要搞那么清楚的，否则，只有自己受伤害。这是我这辈子总结出来的道理，你说呢？"

周生走了，在菲佣的推送下慢慢地离开了咖啡厅。轮椅推进电梯，当电梯门合上的一瞬间，庄生回过头去，仿佛看到周生还在盯着自己。

他的眼光那样阴冷，让他有点不寒而栗。

庄生突然想起两件事情来。第一，那位影星当年风华正茂，为什么会突然身亡？第二，他一直没有搞清楚，自己这么强壮的身体，为什么在和周太上床的时候总是觉得魂不守舍，精力消失得特别快？

六

周太化好妆，电话也响了，是她约的一个风水师到了。周生想请风水师去帮他们勘察一处新宅，他们准备搬家了，搬到离市区相对较远较安静的一个地方去，周生打算安度晚年。

周太走下电梯，风水师在酒店的大堂等她（他们当然都不知道，周生此刻正和庄生在楼顶的咖啡厅里喝咖啡）。这个风水师很有名，据说除了看风水之外，还会看相，他见到周太以后非常惊讶。

"周太，您的气色真好，白里透红，阳气充沛，我从来没有见过气色这么好的人。"

"是吗？"周太面有得意之色。

"只是，恕我直言，有些奇怪。"

"奇怪什么？"

"等您方便的时候，我们再讲吧。我觉得，您的气场很强大，强大到不像一个单独的人所能放出的能量。"

周太笑了，心里想，这些风水师，就会故弄玄虚，不像一个单独的人，难道还能是两个人？明明就只有我一个人站在这里。

他们走出酒店，周家的车子在拐角处等他们，那里靠墙的地方摆着很多花，有些行人还停在那里围观。

"你看到那些花没有，今天又是那个明星的忌日吧，每年这个时候都会有他的粉丝到这里来摆花。"周太说。

"是啊，人生无常，总是会有很多意想不到的事情发生。这年头，跳楼的事情年年有，没准等会又有个什么人会从这里跳下来呢，

[骨董时光] | 玉 魂

谁知道！"风水师自言自语地说道。

车开起来，周太靠在座位上，把胸前挂着的玉蝉摘下来握在手里把玩，闭目养神。玉蝉被车窗外斜射进来的夕阳照耀着，闪烁着温润的光泽。

突然，司机一声惊呼，紧急刹车。周太一睁眼，几乎同时，看到车前一个巨大的黑影趴伏在地上。

什么东西出现在马路中央？

车上三人受了惊吓，还没搞清楚情况，车外行人已经有人发现，发出了尖叫声。

是人！

周太吓坏了，不敢下车，风水师紧紧抱住她，也不知如何是好。

司机胆子大些，开了车门出去一看，忍不住大叫："哎呀，这不是庄生么？"

每次庄生去周家拿书画拍卖，都是司机送他回公司，当然认得。

周太听说，赶快下车，只见趴在前面地上的庄生早已昏迷不醒，背后不知被什么东西击打过，衣裳破碎，血流成河。

周太一慌，手中的玉蝉滑落下来，掉在庄生的身上，被鲜红的血水浸泡，终于成了一块血玉。

※ 传　奇

　　她徜徉在港岛上环荷里活道与摩罗街之间的古董店铺前，像其他大陆游客一样，偶尔看看，或照相留念。隔着一家阳光斜照的店铺玻璃，仿佛见到里面有个男人在直直地看着她，一个英俊而帅气的中年男人在向她神秘微笑。

　　无人知晓依然单身的她内心其实颇好男色，只因困窘于自己容貌的平庸和身份的平凡，多年掩饰不露痕迹。

　　这仿佛少时梦幻中盼望过的情景出现，是她一生中仅有的传奇。

一

　　店铺很特别，简洁而雅致，古董家具的陈设看出来是明式文人书厢情调。店主是香港人，却说得流利的普通话。

关于古董寒暄数句，无非是"进来看看——有冇喜欢——其实不贵"的套话，不经意却闲扯一句，你好像王菲，声音也像——

这本是她的秘密，竟被陌生的他一语道破。其实她最爱唱她的歌，有时揽镜自照，也觉得自己的下巴和眼神像极了她，寂寞时鬓角的风情也像。

这歌坛著名的女星和她一样出身北京，曾红透香港。

她没有回应，只看看他一笑，这一看也把他看清楚了。他大概不到四十岁，身材匀称，肌肉矫健，目光清澈，嘴边蓄着短须，头发微长微卷，牛仔裤的底角上散漫地破着几个洞，很有艺术家的气质。

"这把椅子好漂亮，好像明朝的样式。"她的手拂过他对面的古董椅子。他跟她讲解这把明式楠木四出头官帽椅的特色，言语之间，似有意似无意地总是看她，只出于礼貌才时常转移目光，他声音浑厚而诚挚，带有特殊的魅力。

再聊一聊，又觉得和他在历史领域和文物上的观点更投缘。

原来她是北京一家高校研究所里的中国艺术史助教，也进行古物的考证和研究，而他则是近期才投身古董业的香港居民，少年时曾在北京待过近十年时间。

她利用假期随着教师团到香港旅游，这种免费旅游是学校给教师们的福利。他则因为生意的关系常年参加国内的古董艺术品拍卖会，往来于北京和香港之间。

手机号码留下了，虽然她对香港如此陌生，他却对北京的地理、风土、人情，了如指掌。

她还在香港逗留几天，他恰巧就住在她的酒店附近，临走前他们在茶餐厅又短短地见了一次面。

这家茶餐厅据说是王家卫一部爱情电影里，穿着旗袍的三十岁女主角和情人第一次吃饭的地方，常有青年男女影迷来此约会。灯光暖昧，音乐暖胃，彼此对视，似乎有很多话要说，但又陌生地不好过早开口。

原来她三十有二，却连个正经男朋友也没交过，而他将近四十，依然单身。

为什么人海之中会如此邂逅，已过而立却相见恨晚？

回程时她已经开始不断收到他的手机短信，她内心动荡却又无法拒绝。她容貌平凡，家境清贫，职业普通，收入低微。她至今蜗居在学校分配的单间宿舍里，父母早逝，自己也基本过了青春岁月。

不说容颜细节里原本暗自得意的一点点优势已经消逝将尽，连皮肤亦不再水嫩，走在街上基本无男人驻足，他图她什么？香港街头的靓女那么多，他为什么会喜欢上她？

莫非这就是她宿命中迟来的缘分？两个普通百姓，茫茫人海中偶然遇到了，一个丑一个俊，一个贫寒，一个自足，不讲外貌，不讲条件，不知根底，却彼此宛如触电，灵魂欣喜。

她为什么不可以相信，这是她生命中最为幸福的意外？

二

他以后每次来北京参加拍卖会，都会和她见面。最初那次是北京的初冬，好冷。校园里陪她走走，满地干枯的树叶。操场的道路越走越熟悉，最初的尴尬，也随着彼此之间的熟悉渐渐消散。

她见他穿得很少，依然精神抖擞。

"香港人都怕冷，你为什么不怕？"

"我在北京待过很久很久，觉得自己已经是北京人了。"

"为什么在北京待那么久？"

"我年轻时跟一个香港导演做美工，他长年在北京拍戏，还在北京买了房，我也在北京住过很长时间。"

"那是很久以前了吧？那时来大陆拍片的香港导演不多吧？"

"是啊，很久了。"他目光悠远若有所思。

她带他去吃涮羊肉，只是个普通的火锅店，但他吃得很香，满头大汗，她笑着帮他擦汗。轻微的身体接触，亦让她觉得内心甜蜜。

很多年没有和男生一起这么亲密地吃饭了，寂寞的生活本已成为习惯，突然的变化有时想来措手不及，却又兴奋不已。

春天快来的时候，她放寒假了。他自愿陪她坐公车去京郊各地旅游，说自己只游览过北京城内的建筑，去得最多的地方是故宫。

他谈起故宫来就很激动，那是所有中国人的骄傲，也和他的职业相关——故宫里的那些文物，虽然不能拥有，却总能让古董商们想起自己在市场上见过的类似宝物。

天气热一点，他们又去故宫参观了一次。除了宫殿之外，重点参观器物，隔着玻璃，看到那些璀璨的古代文物和珍宝，他们几乎每一件都要热情地讨论两句。

傍晚时分，在紫禁城外的护城河边散步。就在那一次，他趁天黑借故抱了她，她没有拒绝。

他们去KTV唱歌，原来她也会唱一两首粤语歌，他们合唱的是已故香港歌手梅艳芳的那首《似是故人来》：

　　同是过路，同做过梦

　　本应是一对

　　人在少年，梦中不觉

　　醒后要归去

　　三餐一宿，也共一双

　　到底会是谁

　　但凡未得到

　　但凡是过去

　　总是最登对

梅艳芳匆匆早逝，一生浮华未得幸福的婚姻与爱情。她宁愿喜欢王菲，特立独行，过自己想要的生活，任由世人评说。

唱歌的时候，他近距离观察她，她的额头皮肤那里有一块颜色不同，他以前就看到了。

"这是胎记，很难看吧。"她对自己的丑处很敏感。

"我不觉得，我倒觉得好像天边的一抹红云呢。"

他有时说话很矫情，她不觉得别扭，也许香港人说普通话就这样，反正她喜欢。

"对了，我家有几件传下来的古董，我不懂鉴定，你帮我看看。"

"好啊。"他当然一口答应。

三

她家说不上穷酸，却比较简陋。小小的书架上，图书之间，放着几件小摆设。

她就是带他来看这些东西的。两件灰灰的小陶器，一件铜的小佛像，两件青色花纹的小碗，和一件彩色缤纷的小花瓶。其它几件器物都随便放着，只是花瓶嵌在一个老旧的锦盒里，连盒子一起摆放在柜子的顶端，要翘起脚尖来才能勉强看得清楚。

他瞥到那件小花瓶，如遭电击一般，仿佛浑身的血液都凝固了。

啊，果然是它。

二十年来，你还好吗？

他很理性地控制着自己，甚至不再去多看一眼，就把目光撇开了。

倒是多看了几眼其它的小古董，还用手拿起那两件青色花纹的小碗来，仔细看了看碗底，然后平静地对她说："确实都是老古董，只是不值钱，都是清代普通人家用的物件，是你爷爷传下来的吧。"

"是的，可是我爷爷不是普通人，他在清代做过大官呢。"

"哦，是吗？"

他心跳的速度早已加快了。

四

她爷爷其实不是普通人，她家的古董其实也不是普通的古董。

他其实知道，不仅现在知道，二十年前就知道。

果然是她。

果然是它。

茫茫人海中的偶然邂逅，灵魂欣喜的两情相悦一见钟情，她人生中最幸福的意外。

那真的是她无心插柳却有意成荫的传奇吗？

是的，是传奇，也是意外，却不是一见钟情的意外。一切不可思议的事情都发生了，只是没有爱情。

他已经四十岁，年轻时历尽风雨，世情冷暖如鱼饮水。他谈过恋爱，也和一些没根的女人同居过，不算多，也绝不少。他开古玩店三年，什么人没见过？他会主动打招呼给一个偶尔路过毫无姿色穿戴平常的大陆女客吗？

除非是偶然中的偶然，触及了他记忆深处最最深刻的一件事情，虽然发生在二十年前，却恰好又是他近日来天天想夜夜念的事情。

她额头上的那个胎记。他二十岁生命里偶然飘过的红色云霞，居然在他四十岁时的时候，又出现了。在一个无聊的午后，在他正想着那件东西，在他无意间的抬头，她正回首徜徉，而阳光正好照在她额头的时候。

这不能不说是一个传奇，他人生中绝无仅有的意外和传奇。

二十年前，二十世纪八十年代。

改革开放刚刚展开不久，一位著名的香港导演，在北京居住，拍摄了多部以清宫历史为题材的电影。这些电影，在大陆当时就已经家喻户晓。

这位导演酷爱古董收藏，拍片之余，经常在北京收藏圈朋友的带领下，寻访各路古玩商店，购藏古董。有时甚至在知情人的带领下，走街串巷，去寻访以前散落在北京胡同大户人家里的珍贵古董。

作为导演身边的美工，同样喜爱古董的他，没少跟着寻访。有时导演拍戏忙，他也代为奔走。

有一次，碰到一户人家。

家中老人病故，急需用钱安葬，儿女们又要分家，那时文物政策尚不开放，拍卖公司也未出现。于是托熟人找关系，请到港人（那时也算外国人），高价卖出旧藏古董。

有一件五彩缤纷的花瓶，带着原装旧盒，给他留下深刻的印象。这瓶子好特别，高不过几寸，却画得无比细腻精致，图案题材不是中国人物，是个西洋贵族女子，背景亦仿佛是西洋风景，瓶下的款识却是"乾隆年制"四字。

带路人略懂行，说是乾隆年间的粉彩瓷器，索价较高，但还能接受。他正要交易，突然跑出家中长子，携带自己的幼女阻拦，推说是女儿喜欢这件花瓶，将来要留给女儿做嫁妆，就是不卖。

他本来已经拿着花瓶，被那小女孩在大人的催促下，跑过来一把夺下。一个小女孩，他当时没有生气，甚至冲她笑了一笑，那一瞬间，他记住了小女孩怯生生盯着自己的目光，更记住了她额头上有一片特殊的胎记。

却不料在未来的岁月中，这印象是如此之深。

令他加深印象的是近年来的几次国际古董拍卖会。在这几次拍卖会上，几件乾隆年间的珐琅彩瓷器，纷纷卖出令人想象不到的天价。

而他后来认为，当年记忆深刻的那件花瓶不是一般的乾隆粉彩，是大家梦寐以求的珐琅彩瓷器。

珐琅彩瓷器和一般常见的粉彩瓷器在外行人看来很相像，其实绝不相同。

珐琅彩的正式名称应为"瓷胎画珐琅"，是瓷器装饰技法的一种，由国外传入。据清宫造办处的文献档案记载，其为康熙帝授意之下，由造办处珐琅作的匠师将铜胎画珐琅的技法成功地移植到瓷胎上而创制的新瓷器品种。

珐琅彩兴盛于雍正、乾隆时，属宫廷垄断的工艺珍品。所需的白瓷胎由景德镇御窑厂特制，解运至京后，在清宫造办处彩绘、彩烧。所需图式由造办处如意馆拟稿，经皇帝钦定，由宫廷画家依样画到瓷器上。

珐琅彩瓷器从创烧到衰落都只局限于宫廷之中供皇室使用，是"庶民弗得一窥"的御用品。

珐琅彩瓷器的特点是瓷质细润，彩料凝重，色泽鲜艳靓丽，画工精致。制作珐琅彩瓷器极度费工，乾隆以后就销声匿迹了。珐琅彩瓷器可以说秉承了历史上中国陶瓷发展以来的各种优点，从拉坯、成型、画工、用料、施釉、色彩、烧制的技术几乎是最精湛的。

在乾隆时期出现了很多极其优秀的陶瓷作品，但珐琅彩在制作程序和用料上是其它众多品种无法比拟的。画工也不是一般的窑工，而是皇宫里面顶尖的专业画师，这些器物可以说代表了当时最高的艺术水平，最高的工艺水准。

清宫珐琅彩瓷器虽然近年来频频出现在市场上，但其总数大概不超过五十件，最高成交纪录多由苏富比和佳士得两家老牌拍卖公司垄断。

二零零五年十月香港苏富比拍卖的御制珐琅彩"古月轩"题诗花石锦鸡图双耳瓶，在香港拍卖时以一亿一千五百万港元成交。伦敦佳士得曾在一九七五年拍卖过此件瓷瓶，当时的成交价是一万六千英镑，三十年的时间，价格翻了五百一十五倍。二零零六年十一月二十八日，在佳士得中国瓷器及工艺品秋季拍卖会上，清乾隆御制珐琅彩杏林春燕图碗更以一亿五千一百二十三万港元拍出，创造了当时中国珐琅彩瓷器拍卖世界纪录。

数以亿计的天价文物，一旦拥有，足以改变一个人一生的命运！

初次见到那花瓶时，他只是觉得好看，后来查阅资料，才幡然醒悟，原来这就是传说中的乾隆珐琅彩瓷啊。

足以改变一生的巨大财富，机遇曾与他擦肩而过。他无限懊恼，却又无可奈何。

二十年后，就在她出现在他面前的前一天，正是又一件天价珐琅彩瓷器在拍卖会诞生的时候。他从拍卖会回来，一边翻阅图录，一边想着二十年前她手中的瓷器，她就出现了。

若非如此，怎能疑惑是她？其实心里还没有确定，也谈不上什么企图，只是本能地想把她叫过来仔细看看。

想不到机缘巧合，两个人言语投机，仿佛相吸一般。也许正是背后那只珐琅彩瓷器的神秘力量，终于又把他拽回它的身边。

他是它千百年中命定的主人之一，就在这一年，将回到他身边。

六

他重新又见到了这件瓷器，只一瞥，印证了他数年来的推测。样式、花纹与故宫图录上乾隆珐琅彩瓷器一般无二。包装古旧，流传有序，来路可靠。不需要多看了，再看，引起她的怀疑就不好。

越是唾手可得，越需谨慎行事。

彼此已经关系暧昧，但火候尚浅，还要观察、研究、判断。不要以为她好糊弄，一句"不值钱"她就信了。毕竟，家中传下的古董，父亲曾十分珍视，为什么其它几件夹杂在书之间放着，而独独这只瓶放在书柜顶上的锦盒中？

夏日的傍晚，他们去北海划船，京城夏日水面上的风湿润，倒和香港有几分接近。她脸上洋溢着幸福，他心中盘算着计划。是直接向她要？是偷？是骗？是抢？他毕竟不是歹人，太粗暴的手段使不出来，而迂回委婉的要求，又很容易被拒绝，都不可靠。

只有以婚姻为诱饵这条路，稳重可行，两个人成为一家人，东西自然就是自己的。何况自己岁数也不小了，需要成个家，港妹现实，大陆妹多情，她虽无魅力，却是本分女子。

二十年前邂逅，二十年后依然单身重逢。他需参透玄机，上天也许早有安排。

七

约会、送礼物，在相隔两地时，他与她常深夜电话传情。在他突然到访时，会把美丽的花束投入她的怀抱。

又经过一番努力，他以为时机成熟了。然而事情又突生枝节，她生病住院，不是大病，却需静养时日。

他只好暂住北京，时时探望。

端茶倒水，伺候饮食，陪她读书，打电子游戏。她感到同病房的女人们都在用嫉妒的目光看着她，这么一个相貌普通、青春已逝的平淡女子，怎么会有那样一个帅气时尚、充满魅力的香港男朋友？

她心中得意，想把这令人嫉妒的功课做足，有时就撒娇，让他当着众人的面给她削水果，再喂到她嘴里。

他亦照办，心中竟也泛起一丝甜蜜。

也许他寂寞得太久，真的需要一个温暖的家和一个依赖他的怀抱。

八

数天后她出院了。他们交往更深。

二零零九年十月，新中国成立六十周年大庆阅兵，港人也欢欣鼓舞。他特地把年迈的母亲接到北京，感受首都的热烈气氛。她对老人亦很好，接到家来，亲自下厨，给他们做菜。

他准备了红酒，也带来两盆鲜花，母亲喜欢这个朴实的姑娘，席间不时称赞。

他们通过电视转播观看壮阔的阅兵仪式，一起激动地议论。

他们游园、赏灯，去天安门广场看各地进京的花车，夹杂在喧闹的人群中间。

晚上在阳台上观看长安街方向不时冲天而起的绚丽焰火，电视里放着歌颂祖国伟大成就的歌曲。送老人去酒店休息后，他搂着她走回她家，每次都彬彬有礼地送到门口，这次却是不舍离去的样子，欲言又止。

她凝视着他，也没有开口。

终于他鼓起勇气，拿出戒指，向她求婚。

她等这一刻，其实已经很久了吧？

虽然在他们的交往之中，她非常矜持，守足礼数，可是他了解她内心的热情，她会答应他的。他本来自信心非常充足，他比她经历世事，他早看透她的单纯和弱点，他善于扮演真情，而她应变虽然迟缓，却早已打开心扉。

门口柳树柔软的枝条在风中飞舞了几十次，她却将近一分钟没有任何表示。

她流泪了吗？一般女孩也许会的，可是他看不到她眼角有泪花，也许只是一点路灯的光吧。

他们站在秋风习习的北京深夜，彼此相对无言，恍若岁月凝固。

九

在茫茫人海之中，英俊而浪漫的王子突然出现，向灰姑娘发出深情的邀请。

这或许只是一段虚无缥缈的童话。

他突然觉得，自己其实未必了解她。她依然保持着凝视的姿态，他反而有点不敢去看她的眼睛了。

她开口了，语调像她平时讲课的时候一样。

"你是真的爱我吗？"

"我们已经认识了那么久，可是你只进过我家三次，是我不愿意你来吗？不，虽然我没有发出更多明确的邀请，可是你知道我没有拒绝你的意思。"

"我从没主动提出过任何要求，可是不代表我不许你用其它方式碰我。事实上，我们经常在一起，可是你极少抱我。"

"因为作为一个女人，我对你没有吸引力。"

他表情尴尬。

"我有时候认为，也许一个四十岁男人的爱就是这样的，不像二十岁的男生那么轻浮，可是——"

"可是你进我家三次，似乎都有所图，因为你每次进门的第一眼都要看一件东西。虽然你看的时间很短，也很怕我发现，可是我发现了，因为你的目光太灼热。这么灼热的目光，在你看我的时候，我从未发现过——"

他有点发木了。

"你说，你很多年前跟一个香港导演做美工，来北京拍戏，住过很长时间。这让我想起我也认识的一个导演来，因为在二十年前，在北京拍戏而且长期居住的香港导演太少太少了。"

"恰巧，这个导演和他的美工，经朋友介绍，前后两次到我家来收购古董。我还记得，当时我家的花瓶，他的那个年轻的美工看到的时候目光灼热，好像非常喜欢的样子。我去抢过来的时候，他特别失望，但是不仅不怒，反而冲我笑了笑。那时候我很小，见过的外人不多。这个人和这个情景，给我留下了特别深刻的印象。"

这些年她的感情经历乏善可陈。

她太敏感聪明，眼光甚高，可惜自己只拥有平凡的容貌身材和清贫的家境。她从小学习成绩优异，但清高的个性和冷漠的性格使她缺少朋友，更缺少异性缘。

所以，那样一个俊朗而神秘的微笑，她竟然真的铭记了好多年，而且时时想起。

"等我稍微长大一点，我就查了书，这些年更是早已知道了家里几件古董的价值。那个小佛像是唐代的，两个青色花纹的小碗是明代的青花瓷。虽然普通，但都是很好识别的东西，不像你随口说的，都是清代的普通古董。我想不用一个古董商，就是普通收藏爱好者对对书，也是能够识别的吧。"

他忽视了这个重要的细节。

"至于那个花瓶，你没有好好看过，我却看过无数次，还专门拿去请故宫的专家和一些拍卖行的专家鉴定过。比较一致的意见，这是一件民国初年制作的仿乾隆珐琅彩的精品，不是真正的乾隆珐琅彩。"

还有何话说呢？

他想娶她是真的，他还未计划过得到那件瓷器后就将她抛弃。

可是，如今说这些，又有什么用处？

她怎么会认出他的？她怎么可能认出他？

十

谁先认出谁来，已经不重要。

谁利用了谁，也已经不再重要。

因为她既然决定说出这一切，就说明她已对这不曾发生的爱情死心。他在岁月中失去的感觉，她也不可能用一件东西就能钓得到。

他只有走，但是他不相信那是民国仿制的珐琅彩。她这么说，也许只为让他死心，不要再纠缠她。

可是如果那件瓷器是真的，她为什么不把这价值连城的乾隆珐琅彩瓷器卖掉，来改变自己清贫的生活？

或者说，虽然已经找过很多专家鉴定，但她内心依然不信？

不信这带给她人生传奇希望的东西，是一件古旧的赝品？

十一

他回到香港，生活如旧。在忙忙碌碌的人群里穿行，进出地铁站、港口和巴士。在荷里活道的店铺里默默坐着，看着全世界形形色色的人从门口走过。

做各种古董生意，却从来没有见到一只珐琅彩瓷器。珐琅彩，对全世界绝大多数古董商来说，这一生只能是一个传说。

这一年快到过年的时候，借群发短信拜年的机会，他给她发了一条短信。他希望他们还是朋友，如果来香港，不妨到荷里活道来看看。

她没有回信。

她在北京，生活如旧。在寂静的校园里缓缓穿行，在吵闹的超市和商场里匆匆而过。在图书馆里读各种书，却再没有去读一本爱情小说。

浪漫的爱情，对她来说，依然是一个传奇。

冬天的时候，她受邀去美国进修，本想在春节前赶回来，不料美国东部突降大雪。有新闻报道称，这是东海岸地区少有的持续降雪，机场和道路都封闭了。她只好待在大学里，和华人同学一起过年。

中国的除夕夜在这里却是早晨，有些冷清。同学喊她一起包饺子，她却怔怔地盯着电脑发呆。

网站视频里，正直播着中央电视台的春节联欢晚会，这是她多年来唯一要收看的晚会。

那年居然请出久已退出歌坛的天后级歌手王菲，独唱了一首歌，歌名叫作《传奇》。

※ 鸡 缸

香港会展中心拍卖厅被强烈的灯光照如白昼。大批记者把摄影镜头从各个角度聚焦在拍场前方，说英语的亚裔拍卖师正在不慌不忙地拍卖一件文玩，但是观众们已经不耐烦了，他们都在等待着下一件拍品。

突然，兴奋拥挤的人群齐刷刷地安静下来，几乎可以听到彼此心跳的买家们终于等到了成化斗彩鸡缸杯第四次被拍卖的时刻。

一

这一刻必将载入世界拍卖史册。

居于前场焦点位置的拍卖师似乎是想继续挑逗一下买家们的情绪，故意轻轻咳嗽一声，然后改用很不流畅的中文说："诸位，下一件将要被拍卖的，我们都知道，终于轮到那件著名的、可爱的、迷人的鸡缸杯——"

"杯"字的尾音被奇怪拉长了，那因为发音不准而略显夸张和滑稽的腔调引得场下一片轻笑。人们睁大了眼睛，左顾右盼，纷纷在心里猜测着谁将举牌竞拍，拿下这件价值数亿的国宝。

这件成化年间的小杯子，在一九八零年、一九八一年、一九九九年三次现身香港拍卖市场，后两次分别以五百二十八万港元和两千九百一十七万港元的成交价格，刷新了中国瓷器的世界拍卖纪录。

如今这第四次拍卖，它的命运又将如何呢？

二

成化二十三年初春。这一天凌晨，太监梁芳从噩梦中惊醒，浑身冰冷，颤抖不已。

在他的印象中，这样寒冷的春天，上一次出现还是成化元年。那一年正月英宗朱祁镇驾崩，宪宗朱见深即位。三月时，天气仍然异常寒冷。大臣们看出，这诡异的天气背后，是新皇帝身后那股强有力的"阴盛"存在。于是纷纷上书称"变异，皆阴盛阳微之验"，暗示宪宗对宫女万氏无原则的依赖与宠惧，造成她在后宫过度嚣张的气焰，要求对她有所惩戒，结果宪宗回以"朕心有所不安，其缓之"。

数年后，万氏获封贵妃、皇贵妃。独霸后宫，左右了皇帝的喜怒哀乐，打击毁灭所有对她有威胁的人，其强悍的个性甚至压倒了皇帝，成为这个帝国最有权势的女人。作为万皇贵妃亲信的梁芳也靠着他善于左右逢源迎合取悦的本领，在皇帝与万皇贵妃两边邀得数不尽的荣宠与富贵。

然而天下没有不散的宴席，变异就在旦夕之间。

成化二十三年初春的一天，万皇贵妃早上还好好的，到了晚上突然就病笃了。

她虽然已经五十八岁，但面色红润，身体健硕，看不出有任何重大疾病的征兆。这几年唯一的变化是脾气已经变得异常暴躁，任何一件小事都可能激起她的暴怒。这天早上，一个奴婢在服侍她用茶时，失手打碎了一个精巧的五彩草虫可口子母鸡劝杯，引得她勃然大怒。

"该死的狗奴才！这是圣上最喜爱的瓷器，如今宫里所存已经不多，平时总教你们小心取用，而你竟敢如此大意！来人，与我绑缚起来，鞭责一百！"

可怜的年轻宫女，被捆绑起来，推到院中受刑，太监拿了牛皮鞭子一顿乱打，她哭喊得死去活来。万皇贵妃还不解气，亲自走上前去，夺下鞭子，一顿狠抽怒骂。突然间，她的声音卡住了，两眼翻白，胖大的身躯一阵颤抖晕倒在树下。史书记载她"怒极，气咽痰涌不复苏"，摔倒在地，不省人事。

及至夜间，已然有病笃之兆。

宪宗朱见深大惊，复大悲，悲不能已。颠颠撞撞赶到昭德宫，几次哭昏过去，入夜才被太监们扶走休息。

更加紧张忧惧的，除了万氏宗亲之外，就是万皇贵妃最宠信的太监梁芳。这一夜，他忽睡忽醒，几次从噩梦里惊醒。到黎明时分觉得自己发起烧来，浑身颤抖，似乎预感到自己的人生已经快要走到尽头。

三

在梁芳的记忆中，似乎每一次当那种名唤五彩草虫可口子母鸡劝杯的瓷器被打破，都会预示着一些特殊的征兆。

上一次是成化十一年六月。那一年四月的一个夜晚，乾清宫门灾，紫禁城一阵大乱，龙颜惊惧。坊间议论说，那是因为自从成化七年万皇贵妃所生皇子夭折后，万氏为防止其他妃嫔生育，争夺储君之位，用残酷手段控制后宫女人和皇帝接触，尤其严格控制宫女的妊娠，数年间戕害无数，造成皇帝至今没有子嗣，引得天怒人怨的结果。

这些传言让皇帝也有所省惕，左右亲近臣下也顺着这个灾变的发生，准备将暗养在西宫的皇子之事告知皇帝。

五月的一个清早，皇帝在梳头之时感叹未老先衰，膝下无人。宦官张敏抓住机会，冒死直言，向皇帝汇报了有位纪氏宫女在数年前与皇帝的接触中受孕，早已产下皇子。因为害怕被迫害，隐瞒了消息，把皇子暗养在西宫。

皇帝闻言大惊，忙命人将皇子接回，见面后喜极而泣，亲敕礼部要翰林院定议以闻，并亲自定名为"佑樘"，下宗人府玉牒，昭告天下。于是皇子浮出柜面，中外人心无不欢悦。

恼羞成怒的万皇贵妃不会让事情如此简单明朗下去。

首先是佑樘的生母纪氏，在他进宫一个月后突然暴毙于后宫住所，死因不详。接着是汇报此事的宦官张敏在几天之后吞金自尽。

万皇贵妃是不会死心的。不久之后，朱佑樘就接到了她的热情邀请，希望皇太子殿下来昭德宫玩耍。

年幼的朱佑樘不知如何是好，不想去又不敢不去，这时皇帝朱见深的母亲周太后郑重其事地告诉他："无论让你吃什么，都说你已经吃饱了！"

到了地方，万皇贵妃果然拿出很多好吃的糖果，和颜悦色地对朱佑樘说："吃点吧。"

朱佑樘摇了摇头："我吃饱了"。

万皇贵妃一愣："吃饱了，那么姑姑给你尝点好喝的东西吧。"然后对站在旁边的梁芳说："拿我的五彩子母鸡杯，盛点热果子露给太子。"

梁芳战战兢兢地捧上了一只小杯子。

年轻的朱佑樘马上被这只绚丽多彩的小杯子吸引住了。他长在深宫，各种精致瓷器见过不少，却从未见过如此特别的瓷器。

这杯子明显不同于常见的杯型，杯口微侈，壁矮，其状似一个微缩的水缸。纹饰彩绘于外壁，有鸡纹二组，以奇石花卉间隔。一组公鸡在前，昂首护卫，母鸡在后，低头觅食，三仔鸡围绕在旁，张口展翅，似为妈咪觅得食物而欢呼。另一组亦采用二老三少组合，母鸡振翅低头，正奋力与猎物搏斗，前立一只小鸡为母加油，并做充分准备，随时可加入战阵。也许母鸡振翅奋战，惊动了在前护卫的公鸡，蓦然回首，关爱之情不言而喻。另二仔鸡则嬉戏于花丛下，怡然自得。釉上色彩有红、黄、褐、绿等，浅染深描，或是二色重叠，搭配巧妙，架构了一幅活泼生动、祥和乐利的天伦图。

画意如此有趣的杯子深深吸引了年幼的太子，他捧着杯子左看右看，有点爱不释手。

"这杯子叫五彩草虫可口子母鸡劝杯，是你父皇新近御赐给奴家的新品种，你若喜欢，就拿去玩吧。可这果子露凉了就不好了，快喝吧，小心洒了。"万皇贵妃催促到。

朱佑樘不敢喝，他低下头来，沉吟着应该如何作答。可是，仁厚的周太后并没有教他这句话该怎么回啊？

六岁的皇太子此时展现了他天生的实在个性，憋得通红的小脸，终于鼓起勇气蹦出一句惊人的话："我不敢喝，我怕有毒！"

万皇贵妃目瞪口呆，看着一脸无辜的朱佑樘，气得浑身哆嗦，指着他对梁芳说："你看你看，这是谁教的？小小年纪就敢这么和我说话，将来还不得吃了我？"

她怒目而视的凶狠模样让朱佑樘吓得后退了一步，手一松，"当啷"一声，这只绚丽珍贵的小杯子落在地上，当即摔得粉碎。

梁芳惊得一闭眼，这一地华丽的碎片，让他着实心痛。

被六岁的皇子当面打击之后，万皇贵妃似乎彻底失去了往日的威风，不敢再控制后宫的生育。皇帝朱见深和嫔妃们也毫不客气，在第二年的七月，邵妃即为他又生下一名皇子，接着一个连一个出生。直到成化二十三年，皇帝共有十四个皇子五个皇女。

五彩草虫可口子母鸡劝杯上公鸡母鸡和众多小鸡嬉戏的图案，暗指人间的天伦之乐。如果说它本来只是成化皇帝本人因为一直被强悍的万皇贵妃压迫而没有子嗣，在内心深处滋生出的一种美好愿景的话，自从被六岁的朱佑樘打破一只后，反倒渐渐变成了现实。

这恐怕是第一个获赠这件珍贵瓷器的万皇贵妃万万没有想到的，也是太监梁芳万万没有想到的。

四

创烧鸡缸杯，这件对大明帝国来说似乎微不足道，也不可能被记录于任何历史档案的行为，却是梁芳一生中最引以为骄傲的事情。

虽然在后来的陶瓷艺术史上，终究没能留下他的名字。

最初的动念，在成化七年的时候已经开始。

梁芳能够同时得宠于成化皇帝朱见深和万皇贵妃，除了善于左右逢迎之外，还跟他从事的一件秘密而重要的工作有关。

这件工作就是为皇帝和皇贵妃配置春药。

成化皇帝是历史上一位极其特别的皇帝，终其一生，几乎完全受这个比他大十七岁的女人万氏的影响。

万皇贵妃出身并不高贵，幼时入宫为圣烈慈寿皇太后的侍女，名"贞儿"。正统年间被派伺候英宗长子朱见深，景帝时见深立为皇太子。"土木之变"后被废为沂王，英宗复位，天顺时又立。见深幼年时经历过如此大起大伏的岁月，在他的心中，经常伺候在旁的侍女万氏就变成最安全的依靠。

这个女人，既充当了他的保姆，也在动荡不安的乱世中，扮演了保护他的母亲和抚慰他的情人的角色。

朱见深登基时十八岁，不久承周太后命娶了贵胄吴皇后，但仍然每天留恋在万贞儿身边。此时万贞儿已经三十五岁，开始衰老并且发福，历史上没有留下一点关于她容貌秀丽的记载，皇帝的母亲周太后难以理解儿子如此专注的爱情，有一次忍不住问他："彼有何美，而承恩多？"

皇帝答道："彼抚摩吾安之，不在貌也。"

只要她守候在我的身边，用她的手轻轻抚摸我，我就会觉得心安，根本不在乎她的容貌如何！

就在这一年，满心嫉妒的吴皇后因责打万贞儿被废黜。第二年，万贞儿以三十七岁高龄产下一子，获封贵妃。

这个还在襁褓里的孩子当即被立为太子。

谁想到，这薄命的孩子未满周岁就夭折了，虽然朱见深对万皇贵妃的专情一如既往。

然而，皇帝的家事就是国事，帝国无后，皇帝不急大臣急，大学士彭时劝导朱见深："今嫔嫱众多而无子，必陛下爱有所专，而专宠者已过生育之期故也，望均恩爱，为宗社大计。"

在这样的观念之下，皇帝也不免内心摇摆了。

梁芳获取荣华富贵的机会，就在这时候来到了。

他本是为万皇贵妃配制各种药物的，其中最为隐秘的就是一种特制的春药。万皇贵妃肥胖而衰老的身体如何能激起身体羸弱的皇帝的性欲，梁芳的秘药起到了关键作用。

这种药，有一种类似沉香的香气，初闻使人心神安定，久了却会逐渐萌生性欲，而且性欲格外强烈。这种药被万皇贵妃授意，梁芳将它溶解在酒里。每当皇帝来到万皇贵妃居住的昭德宫，万氏必要进上药酒，用颜色淡雅悦目的青花花鸟纹小杯盛着，端到皇帝面前。皇帝饮后，心情愉悦，及晚，每每宿于宫中。

久而久之，皇帝大概也心知肚明，甚至开始依赖这种药物。突然有一天，只有梁芳在身边伺候时，秘唤他贴近身边，低声说：

"这样的酒杯，以后在承乾宫各殿，也配置一些吧。"

梁芳惊惧，跪伏称是，心里当然明白皇帝的意思。这承乾宫初名永宁宫，成祖永乐皇帝在位时建造，属东六宫之一，一直是妃嫔们居住的地方。皇帝如要添置什么器具，直接传旨给身边太监交内府去办即可，为什么偷偷对他讲？显然，配置酒杯不是重点，而是酒杯中的药酒。皇帝已经体察到了它的特殊功效，要在与其他妃嫔一起就寝时使用。

梁芳敏感地意识到，自己荣获提拔的机会到了，但是此事两边皆不可得罪。如果被万皇贵妃知道他隐瞒情况，把春药供给其他妃嫔使用，他自己可能性命难保。于是当天晚上单独见到万皇贵妃时，马上据实禀报。

万皇贵妃妒意大发，这小皇帝终于要变心，要摆脱我的控制了？她内心酸苦，正待发作，梁芳却及时劝说道："娘娘不必生气，小的认为，这实在是一件大好事！娘娘请想，皇上要去其他嫔妃那里，这是必然的事情。现在既然贪上了娘娘的药酒，每次必备，那么小的就要时时伺候着，皇上有传唤随时送到。这样的话，以后皇上哪一天临幸哪一位妃子，岂不完全在娘娘的掌握之中？以后哪个妃子想要怀上龙种，岂不先要过娘娘这一关？"

言下之意，岂止是春药，就算是堕胎药，我给你喝，你还敢不喝？

万皇贵妃果然转变了念头，嘱咐梁芳，自己假作不知，而梁芳一定要盯紧皇帝。

其实在梁芳心中，早有着自己的打算。他这样做不只是安抚万氏，更主要的是把它当作贴近皇帝朱见深的天赐良机。

他在深宫多年，深知后妃们的恩宠冷落，完全来自皇帝多变的情绪好恶。最为脆弱，从不牢固。只有搭上皇帝这条大船，才能万年稳固，永享荣华。

药酒要改进，以前的药力发挥太慢，皇帝去其它宫殿远没有在昭德宫的耐心。梁芳认为，就连盛放药酒的器具也变得非常重要，因为那往往是在皇帝兴致最浓时，被呈上来的器物，会受到皇帝格外的移情关注。它的造型、纹饰一定要取悦皇帝，迎合皇帝内心的审美渴望。

"酒杯不可似宣窑太厚，要着力做轻薄些。"皇帝曾经多次这样吩咐内府的太监们。

皇帝也经常恩赐给向他呈贡珍奇异玩的臣下，这也是梁芳所熟知的事实。

他虽然善于应酬，对于设计各种奇技淫巧之物却完全没有办法。这时候他想起一个人来，这个人从临近瓷都饶州府景德镇的遥远家乡来到京师，投靠在他门下，却还一直没有施展抱负的机会，如今机会终于来了。

五

李孜省常常感叹，自己一身独特的本领，却没有用武之地。

他本是南昌（今江西南昌）人。以布政司吏待选京职，因贪赃事发，匿身不归，转投于得势太监梁芳门下。

他从小喜欢学方士术，对于五雷法尤其钻研很深。炼丹和制作春药，也是他的拿手功课。梁芳制作的各种春药和丹丸，里面有不少是他提供的配方。

他一直希望梁芳能带给他一个机会，让迷信道家方术的皇帝了解自己的本事。而今，道术未及展示，另一个机会却来了。

梁芳把李孜省叫进宫来，与他一起研究以器物取悦皇帝的办法。

"制作一个前无古人的精美酒杯？"

李孜省自信满满地说，如果想制作盛放药酒的特殊酒杯的话，他完全可以胜任。不止炼丹，对于瓷器，他也是真正的行家。早在江西供职时，他就是督陶官朱元佐的好友，得以经常访问御窑厂，对于本朝瓷器的特点非常了解。

有一个问题，他一直在思考。自天顺八年，天子即位，传旨江西饶州府景德镇御窑厂停烧前朝器物，改换本朝款识以来，本朝一直以烧造青花瓷器为主，却始终不能取得超越前朝的成就，这让重视瓷器的皇帝一直不满，而本朝青花与永乐、宣德的不同在哪里呢？

渐渐地他领悟到，永窑的青花沁入胎骨，宣窑的青花则慢慢地浮上来，到了本朝的青花则在瓷器表面似沉似浮，甚至有些只贴在表面上的感觉。这是为什么呢？因为永窑宣窑时，烧造青花一直用西洋进贡的苏麻离青料，所烧出来的青花色泽浓艳绚丽。早在前朝，进口青料已告尽，本朝不得不使用国产青料，颜色浅淡，吃不进胎骨，所以在青花瓷上想要超越前朝，博取皇帝赞赏已经没有可能，不如另辟新路，专攻彩瓷。

他告诉梁芳，彩瓷，无非五彩、填彩、斗彩等，一般人还不能了解。据我的观察，先于坯上用青料画花鸟半体，复入彩料，凑其全体，名曰斗彩。用青料双钩花鸟、人物之类于坯胎，成后复入彩炉，填入五色，名曰填彩。五彩，则是素瓷纯用彩料画填出者。这几种，其实按本朝的说法都可以"五彩"概括。

彩瓷其实宣窑时已经有了，我见饶州府上存有样品残器，是宣窑时皇帝赐予藏地萨迦寺的五彩鸳鸯莲池图碗，色彩绚烂，只是过于浓厚堆垛，故不甚佳。如交给我办，必使其彩釉清晰亮丽，超过前朝！

就按你的意思，烧造彩瓷酒杯吧。至于器型和纹样，我早已经想好，器型要大器小样，外表端稳，入手轻薄，而纹样则必须清秀隽永。最近我常陪伴在圣上左右，见他对动物图画非常在意。

去年有官员进奉一件宋人子母鸡图，描绘母鸡引领小鸡啄食的情景，圣上看后非常喜欢，反复观摩，曾嘱咐将来有闲暇时要亲笔题咏。你就按动物图案设计一种酒杯，又能暗含思春之意，岂不妙哉？

李孜省想了想说，春药倒入彩瓷酒中，略起微沫，又有异香，绚丽荡漾，蕴意已足。其酒杯图案则不可太过妖冶，否则将被圣上所弃，不敢使用。

你所说子母鸡图，表面上可颂为夫荣妻贵，举家和谐，长幼相护，繁荣昌盛之意，其实也暗含着一夫多妻或一家多子之意，正合当今圣上的想法。

我回饶州府景德镇，动用丹青妙手，构图设计。另大人请道万皇贵妃的旨意，着朱元佐交御窑厂按图样定烧，一定要用最好的坯子、釉料，才能保证成功。

两个人商议妥当，李孜省专门回到江西，沟通烧制彩瓷事宜。

六

江西景德镇是明帝国的瓷都，它属浮梁县境，去城二十五里，在昌江之南，故称昌南镇。自观音阁江南雄镇坊至小港嘴，前后街计十三里，水土宜陶，自南朝陈以来，制陶之人多云集于此。至宋代景德年始置镇，改名景德镇。元代朝廷置本路总管监镇陶。明洪武年间在珠山设御窑厂，置官监督烧造解京。

此时御窑厂经过永乐、宣德年间的发展，制瓷技术更加纯熟。瓷质洁白，胎体轻薄，釉面肥润，青花瓷纹饰色彩浅淡典雅，以轻巧或玲珑小品为典型，正适合加工彩瓷，为梁芳和李孜省想法的实现提供了坚实的保障。

烧造鸡缸杯所用的泥土，都要采石制练。李孜省与朱元佐命令当地的土人设厂采取，凭借溪流为水碓舂之，澄细淘净制成如砖石的样式。最好的泥土取自徽州祁门，出坪里、葛口二山，开窑采取，以局部有黑花如鹿角菜形者为佳。这种土色纯质细，可以用来制作细器。

其它工序诸如练泥、镀匣、修模、洗料、做坯、印坯、荡釉，无不用最好的工匠，按最严格的程序步步进行。

最困难的还是画坯。此时的御窑厂，画一件器物动辄劳烦数十甚至上百画工，千百年来这里形成的分工是：画者，画而不染；染者，染而不画，所谓分手则分心的缘故。经过正统、景泰年间的动荡，到了成化年间，永窑宣窑时期的优秀画工多已去世，而景泰、天顺年间由于窑业的荒疏又没有培养出可以绘画精细瓷器的一流丹青高手。

通过梁芳的打点，他们在京师请到了正统年间进入宫廷画院的著名画师吕纪的两个弟子。吕纪是整个明帝国最为出众的花鸟画家，曾被皇帝授官为锦衣卫指挥使。他的两个弟子来到景德镇，带来了吕纪的花鸟图画稿，经过揣摩和设计，终于在瓷坯上完成了子母鸡图的设计。

要为鸡缸杯这样精致的圆琢白器上彩尤其困难，需要将各种颜料研细调合，必须熟谙颜色火候属性，全靠眼明心细手准。白瓷加彩后，还要再次烧炼，用以牢固颜色。这时又有明暗炉之别，鸡缸杯需用明炉，口门向外，周围炭火置铁轮，其下托以铁叉，以钩拨轮使转，以匀火气。

就这样入窑多次实验，一次失败即告作废。从成化八年开始，不断地失败和探索，李孜省和朱元佐已经花了将近三年的时间。

到了成化十一年，当皇子朱佑樘被从西宫中接回，成化皇帝终于有了自己的皇位继承人之后，整个王朝沉浸在欢庆的气氛中。

唯一愤恨不平的是万贵妃，朱见深不得不以加封她为皇贵妃的办法来抚慰自己已近年迈的爱人。从此恩赐不断，无数珍宝、书画、古玩被汇聚在昭德宫里，最珍贵的御窑瓷器自然也不能缺少。

上有所好，下必效之。各地官员们也尽心搜集珍玩，从宫廷到民间，喜好古董珍玩之风逐渐兴起。

鸡缸杯正是在这个时期终于烧造成功。

梁芳给它起了个名字：五彩草虫可口子母鸡劝杯。

草虫可口，子母鸡争相啄食，暗含着药酒香醇，帝王适宜多饮的劝酒之意。

当鸡缸杯的样品第一次呈递到成化皇帝朱见深面前的时候，他立刻被它的柔丽气质所深深打动。

和他的先祖们不同，朱见深既不像他的先祖永乐皇帝那样对素雅洁净的白瓷情有独钟，也不像宣德皇帝那样崇尚厚重沉稳的青花和色釉瓷器。

他的幼年是在一个没有父亲关爱，也没有政治依靠的险恶环境中度过的。极度缺乏安全感的他，对强刺激的色彩、庞大的体积都不感兴趣，反而对柔和的色彩、赏心悦目的小物件充满好感。

成化十七年时，皇帝对朝鲜成宗下达的命令这样说道："各样雕刻象牙等物件，务要加意造作，细腻小巧如法，无得粗粝。"

他内心呼唤一种轻盈飘逸、娇柔妩媚的感觉，一个让他感觉恬静和安全的小世界。

这小小的鸡缸杯，它的造型首先就与众不同，型似一个微缩的水缸，大器小样，既轻灵纤巧，又不失稳重。

其胎质洁白细腻，薄轻透体，白釉柔和莹润，表里如一。杯壁饰图与型体相配，疏朗而浑然有致。子母鸡两群，间以湖石、月季与幽兰，一派初春景象。

画面设色有釉下青花及釉上鲜红、叶绿、水绿、鹅黄、姜黄、黑等釉彩，运用了填彩、覆彩、染彩、点彩等技法，以青花勾线并平染湖石，以鲜红覆花朵，水绿覆叶片，鹅黄、姜黄填涂小鸡，施彩于浓淡之间，素雅、鲜丽兼而有之，收五代画师黄荃花鸟画的敷色之妙。整个画面神采奕奕，尽写生之趣。

最妙之处竟是公鸡、母鸡的翅膀，先以青花画半轮廓线，再以一层黄釉填上，其后在黄釉上红彩，以几种不同的釉彩完成。这些很小的地方，恰恰显出它的巧妙与精工之处。

杯外底心青花双方栏内楷书"大明成化年制"双行六字款，正是成化皇帝本人少年时稚拙的书法，被标准化地摹用到了官窑瓷器的底部。

朱见深满意地笑了，他已经意识到，一件前无古人，丝毫不逊于他的先祖永乐皇帝和宣德皇帝时期的伟大瓷器诞生了，而且具有他本朝不可被替代的独有成就。

玩赏之间，另一个有趣的现象使他格外好奇。他把设计此杯的梁芳、李孜省等人传来问道："此杯甚是巧做，只是有一点朕心下不解，如此轻薄之小杯，朕以前也抚摩不少，口沿常有尖利划手之感，又常常滑脱失手，引为遗憾，为何此杯把玩时全无这等情况？"

梁芳不知如何回答，李孜省旁边跪伏答道："圣心明鉴，此杯确如陛下所言，是小臣特意所做的处理。小臣唯恐器小，如全釉则易脱，若稍呈芒口，则可以止滑，故而特命窑工在开窑之后，更多一道手续，将此杯的底足及口缘都经过软工具的打磨。故陛下可以放心取用，不致滑脱尔。"

朱见深大喜，连声赞叹，先将样品两个，一个留下自用，一个赏赐万皇贵妃。梁芳、李孜道当即得到提拔、厚赏，呈旨专门烧造类似彩瓷小杯。

几年下来，又先后烧造出葡萄、团花、高士、婴戏、夔龙、梵文等多种酒杯，以当时的称呼，都命名为"五彩"、"填彩"或"点彩"，到了清代之后，逐渐被称为"斗彩"，传颂至今。

成化一朝，终于以彩瓷的成就，与永乐宣德时期的青花瓷器平分秋色，在中国陶瓷史上写下光辉灿烂的篇章。

只是由于其胎质细、彩釉又需要好几道工序，几次的入窑烧造，人工、材料成本不断增加。加上成品率极低，凡烧造不合格者，按御窑厂规矩，就地打碎掩埋，不得流入民间，故而终成化一朝，也没能制作出大批量的成品。

梁芳的人生，也因为这小小鸡缸杯的荣光，迅速攀上顶峰。

七

富贵奢靡，欲无止境，一旦梦醒，徒叹奈何。

有特制的药酒和鸡缸杯助兴，朱见深在之后十年间，与其他妃嫔共添了十四个皇子五个皇女，与万皇贵妃的恩爱厮守也不曾缩减，真正像一只得意的公鸡，回头顾盼着它的母鸡和雏鸡们安然成长。

梁芳的好日子也足足过了六、七年之久。

但是社会的经济却并不乐观，从成化十二年到成化十八年，万皇贵妃和鸡缸杯引发的奢靡之风，终于到了使"府库已空而偿其值犹不足"的情况，虽然大臣们上言进谏不断，但也起不了什么效果。

成化十八年正月，皇帝还因为梁芳进献了最后一批古董珍宝，将存积库盐五万赏赐给他。

事情终于有了变化。成化十八年三月，万皇贵妃的兄弟，在朝中最有权势的贵戚万通死了。就在同一年，曾经深受皇帝信任的首领太监汪直也完全失宠于皇帝。这些亲贵派和太监派最风光人物的失势，让敏感的梁芳看到，自己也已经走过了巅峰，正在不断向下滑落。

成化二十一年，以梁芳为首的太监们受到大臣们的猛烈抨击，皇帝不得不做出一些处置，除梁芳免责外，一大批人包括李孜省都受到处罚。李孜省被降官，其他梁的党羽也都受到不同程度的处分。

也是在这一年，当皇帝亲自到后宫内藏库查点的时候，发现银库已经空空如也，终于大怒。他恨恨地把管理内藏库的首领太监梁芳叫了过来："这些银子都是你花掉的吧？"

梁芳慌忙跪伏叩头说："这些都是奉命给您修祠堂祈福所花。"

"难道不是为了烧造那些奇技淫巧的瓷器和搜刮珍宝而花掉的么？"皇帝的脸憋得通红。

梁芳低头不语，是无声的抗争，那意思仿佛在说，药酒也好，鸡缸杯也好，还不是为了迎合您的喜好么？

"奴才，我不管你，将来自然有人跟你算账！"

这是朱见深愤愤不平临走时抛下的话。

在梁芳的耳朵里，这句话似乎变成了一种预言或警告。什么人？当然是皇帝的接班人，未来的新皇帝，这时已经长大成人的皇子朱佑樘。

梁芳的眼前又浮现出了十年前，六岁的太子朱佑樘在他面前摔碎鸡缸杯的情景。这让他的冷汗一直不断地流到了地上，足足跪伏了半个时辰没有起来。

八

从那时起，鸡缸杯和其它彩瓷的烧造就停止了。

更为诡异的是，成化二十二年的冬天，一只御前豢养的猫无端窜上了昭德宫的多宝格，打翻了正好摆放在那里的整盒鸡缸杯。

鸡缸杯产量本来极低，这一来，宫里的库存也不多了。

成化二十三年初春，五十八岁的万皇贵妃猝然死去，这让朱见深遭受了他一生中最重大的打击。

与他厮守三十余年的爱人离去，等于抽干了他全部的元气。

"万侍长去了，我亦将去矣。"

八月，朱见深病倒。十日后，不治而亡，年四十一岁。

他不是一个英明的帝王，在他统治下的帝国妖邪横行，官场黑暗。他本人却并不残忍，甚至也不昏庸，恰恰相反，他性格温和，能够明白事理。出现如此情况，只因为他有着一个致命的缺点：软弱。

他是一个追求内心恬静，只求躲在小世界里过富贵日子的人，就像是他最珍爱的瓷器鸡缸杯上面的图案：一只公鸡和一只母鸡，带着一群活泼可爱的小鸡，在花园里觅食，没有风吹雨打，也没有征伐杀戮。

这就是他全部的人生理想。

这属于他的人生舞台终于落幕了。

鸡缸杯虽然美妙，也有人并不喜欢。

成化皇帝的儿子，历史上的明孝宗朱佑樘正式即位为皇帝，年号弘治。弘治帝即位后立即下了一道旨意，将以"奇技淫巧"祸乱朝廷的太监梁芳关入牢房，同时封存前朝所有奢靡的珍宝古玩瓷器，不许任何人再使用。

在此之前不久，已经被再次降级发配充军的李孜省，在军营中被折磨至死。

弘治三年，朱佑樘又再次下旨，厉行节约，在景德镇御窑停止了大部分高成本官窑瓷器的生产。

成化斗彩瓷器的烧造，从此成为绝响。

从弘治皇帝到正德皇帝，数十年间，鸡缸杯的事情再无人提起。

嘉靖九年，景德镇失火，所有嘉靖以前烧造瓷器的档案都被焚毁，后来的人们再也找不到历史上烧造鸡缸杯的任何记录。

在北京故宫留下的明代史料里，也找不到任何明代成化年间烧造瓷器、制作古玩珍宝的记录。在《明史》中零星提到太监梁芳、李孜省传略的时候，也从来没有记录他们与鸡缸杯有关的情况。

鸡缸杯是如何设计、烧造而成的，从此成了一个谜。

作为历史上的名品，对鸡缸杯的称颂从来没有停止过。在晚明时，它已经声名显赫，万历《神宗实录》中写道："神宗时尚食，御前有成化彩鸡缸杯一双，值钱十万。"另据明代万历沈德符《野获编》中称："成窑酒杯，每对至博银百金。"其中十万之值与白银百金相近。

清代康、雍、乾三朝，瓷业复兴，皇帝更是纷纷命景德镇御窑仿制，尤以康熙时期所仿斗彩鸡缸杯最佳。

由于皇帝喜爱，宫廷对皇家用瓷规定又极严，如果有成化斗彩器流出宫廷，绝大多数被发现后皆难逃被砸碎的命运。从此，成化斗彩器就深居皇宫，民间连三朝仿品都很难见到，真正的成化斗彩器更近奇缺。

"……朱明去此弗甚遥，宣成雅具时犹见。寒芒秀采总称珍，就中鸡缸最为冠。牡丹丽日春风和，牝鸡逐队雄鸡绚。金尾铁距首昂藏，怒势如听贾昌唤。良工物态肖无遗，趋华风气随时变，我独警心在齐诗，不敢耽安兴以晏。"从这首清代乾隆丙午御题仿古鸡缸杯诗中，可以知道明代成化斗彩鸡缸杯，在成化以后二百多年的清代乾隆时期还能依稀见到，并被尊为成化制瓷中的最成功之作。乾隆皇帝不仅让当时的景德镇御窑仿制，还题诗作志。

直到清末民国年间，才开始有成化斗彩杯子在社会上流传的故事。传说在一九三九年，北京前门大街杂货店掌柜王殿臣到山东黄县收货，有一天走街串巷，来到一户人家。

一个中年妇女在院里梳头，小桌子上盛皂角水的彩瓷小杯子引起了他的注意。征得人家同意后，走进院里，拿起杯子打量一番。当下认定是"大开门"的成化斗彩葡萄松鼠杯，就花了一块银圆买下。那个梳头的妇女觉得很值，当时一块银圆是一个店员一个月的工资。

王殿臣捡了个大漏，揣着成化斗彩杯回到北京，被另一个古董商人周杰臣看中，以八百元出冲。王殿臣赚了八百倍，而周杰臣又将这只杯子以四千元卖给卢吴公司的吴启周，在当时可以买几幢四合院。卢吴公司将此杯贩到美国，"获利逾万"。这个故事很快在北京城里传开，成了"一本万利"的有力注释。

这说的还是葡萄杯，不是鸡缸杯。

真正的鸡缸杯，人间仍然难觅。一九四九年前夕，国民党把大批故宫珍宝运往台湾，其中就有一直被清宫珍藏的那批成化斗彩鸡缸杯。它们被装在乾隆时代日本国供奉的一个描金漆盒，共有八只。

流传于民间的鸡缸杯，更是凤毛麟角，其中以大古玩商和收藏家仇炎之的收藏最为有名。分别在一九八零年、一九八一年、一九九九年三次现身香港拍卖市场，其中后两次为同一只。

都在传说这只传奇的杯子，是仇炎之在二十世纪七十年代香港摩罗街小店以千元购得。事实与否其实并不重要，重要的是人们对这位传奇收藏家非凡眼力的敬仰和对一个小小瓷杯具有如此魅力的好奇。

成化斗彩鸡缸杯，在有公开拍卖以来，因为是瓷器里体积最小却最为值钱的品种受到了广泛关注。传说中的它，已经成为一只具有神秘能量的"聚宝盆"，能够带给拥有它的主人数不尽的财富和荣光。

九

二零一四年的春天，鸡缸杯迎来了它的又一次精彩演出。

拍卖场内，拍卖师以一亿六千万的起拍价格报价后，马上有人竞价。最后的争夺在委托电话和场内西方收藏家之间展开，最终委托电话以槌价两亿五千万港币竞得。

掌声如雷。场外很快传来消息，鸡缸杯的这次世纪亮相，最终以加佣金两亿八千万的高价为中国大陆收藏家竞得，又一次创造了中国瓷器拍卖的新纪录。

那些曾经在预展现场苦苦等待，想要"摸一摸"鸡缸杯的古玩行家们，马上掏出手机，打开微博，纷纷在网络上表达着自己兴奋激动的心情。

小小一个鸡缸杯，它甚至比那位成化皇帝更出名。因为它代表的不再是一段畸恋的故事，而是中国陶瓷艺术巅峰时期的一种独特的审美和一段永远述说不完的传奇。

（京）新登字083号

图书在版编目（CIP）数据
骨董时光 / 刘越著；林曦，蔡斯斯绘. —北京：
中国青年出版社, 2014.7
ISBN 978-7-5153-2559-0

Ⅰ. ①骨… Ⅱ. ①刘… ②林… ③蔡… Ⅲ. ①长篇小
说—中国—当代 Ⅳ. ①I247.5
中国版本图书馆CIP数据核字（2014）第157819号

责任编辑：彭明榜　姜孜
装帧设计：林曦
封面插图：林曦
内页插图：蔡斯斯

中国青年出版社出版 发行
社址：北京东四12条21号
邮政编码：100708
网址：www.cyp.com.cn
编辑部电话：（010）57350505
门市部电话：（010）57350370
北京科信印刷有限公司印刷　新华书店经销

880mm×1230mm　1/32　8.75印张　190千字
2014年8月北京第1版　2014年8月北京第1次印刷
印数：1-5000册　定价：33.00元